三河雑兵心得

弓組寄騎仁義

井原忠政

双葉文庫

目次

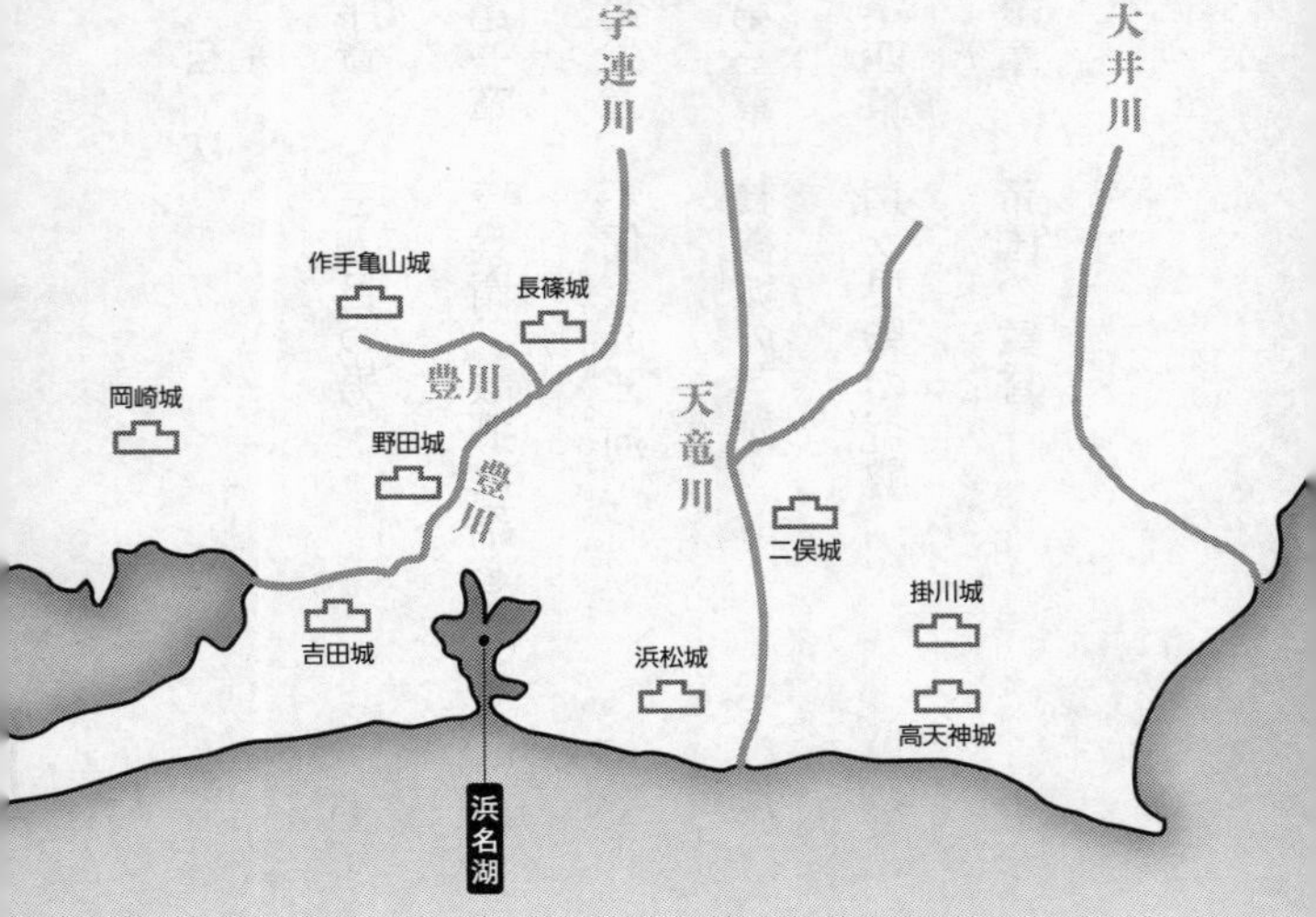

東三河・遠江図

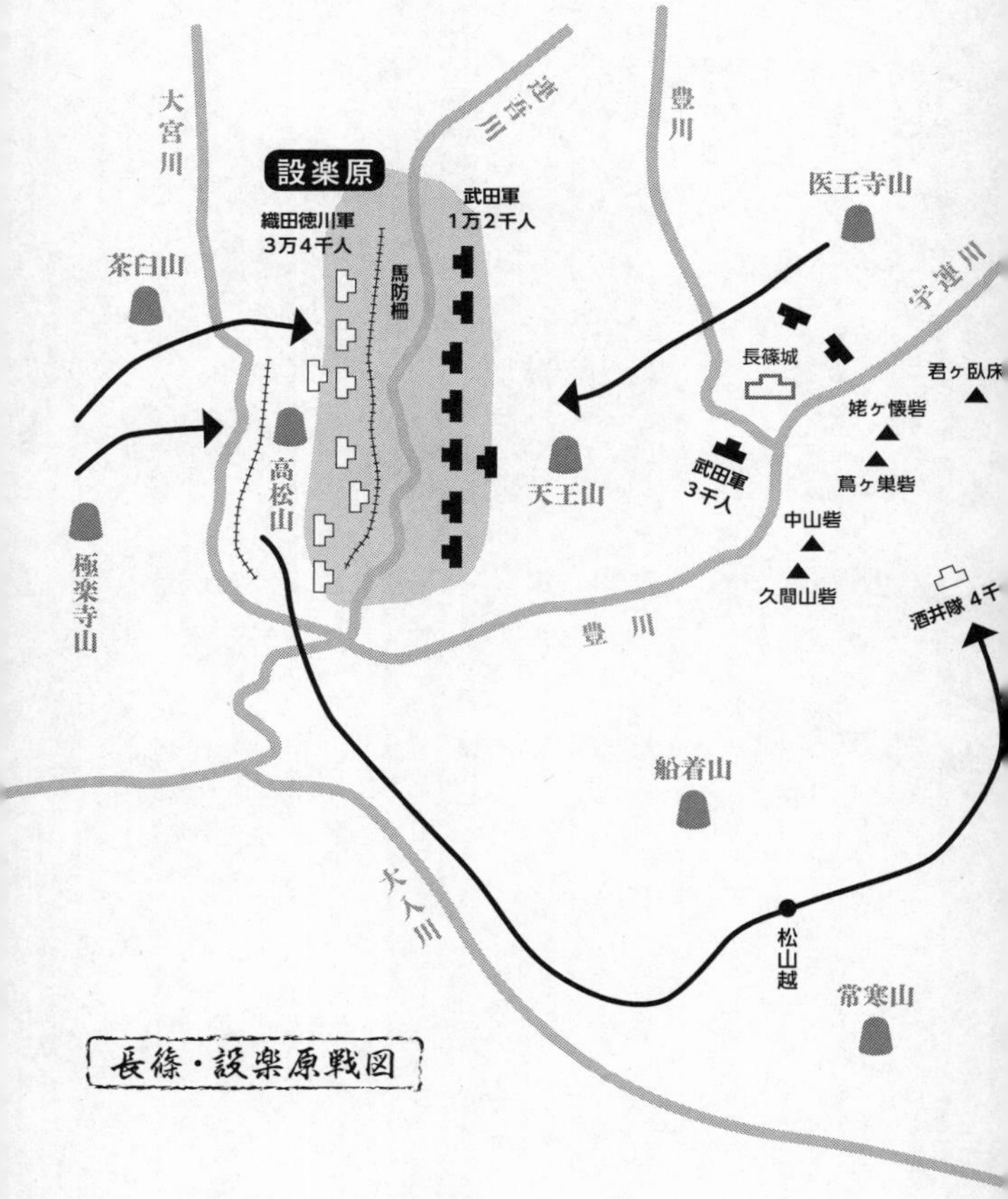

大宮川
連吾川
豊川
設楽原
織田徳川軍
3万4千人
武田軍
1万2千人
馬防柵
医王寺山
宇連川
茶臼山
長篠城
君ヶ臥床
姥ヶ懐砦
高松山
天王山
武田軍
3千人
鳶ヶ巣砦
中山砦
久間山砦
極楽寺山
酒井隊 4千
豊川
船着山
大入川
松山越
常寒山
長篠・設楽原戦図

三河雑兵心得　弓組寄騎仁義

序章　三人目の男

三方《みかた》ヶ原《はら》の敗戦から半年が過ぎた元亀《げんき》四年（一五七三）の五月。梅雨《つゆ》の晴れ間をぬって、松平善四郎《まつだいらぜんしろう》と植田茂兵衛《うえだもへえ》は、浜松城《はままつじょう》の榎門《えのきもん》を騎馬でくぐった。ここしばらく、轡《くつわ》取りさえつけずに、ただ二騎で城の周囲の山野を駆け巡るのが日課だ。

先手弓組を率いる善四郎と、彼の筆頭寄騎《よりき》（副隊長格）の茂兵衛は、ともに乗馬を苦手としていた。

理由はそれぞれだ。

小柄で非力、動きも鈍い善四郎は、馬に限らず、弓以外の武芸全般を苦手としていた。一方の茂兵衛は、足軽暮らしが長く、この四月にようやく騎乗の身分に取り立てられたばかりで、そもそも馬に慣れていない。

先月、武田信玄《たけだしんげん》が率いる三万の軍勢が「謎の撤退」を開始、甲府《こうふ》へと帰っていった。結果、辛うじて死地を脱した徳川《とくがわ》家である。

信玄死亡の噂も囁《ささや》かれるが、たとえそれが事実であっても、馬場《ばば》信春《のぶはる》、山縣昌《やまがたまさ》景《かげ》、内藤修理《ないとうしゅり》、高坂弾正《こうさかだんじょう》ら四天王が健在であるかぎり、武田はまだまだ侮《あな》れない。信玄の後継者である武田四郎勝頼《たけだしろうかつより》が、三河《みかわ》や遠江《とおとうみ》への侵攻を諦めたとは考えにくい。

ただ、梅雨は稲作農家にとって繁忙期である。徴兵された足軽雑兵の多くは百姓であり、農繁期に駆りだされることを極度に嫌う。さしもの戦《いくさ》好きで知られる勝頼も、あえてこの時季に他国へ侵攻しようとは考えまい。

敵が来ないのなら、今のうちである。

来《きた》るべき勝頼との大戦《おおいくさ》に備え、少しでも馬に慣れておこうと、こうして毎日乗馬の鍛錬を重ねている。

三方ヶ原の草叢《くさむら》を進んでいたとき、前をゆく善四郎がふと馬を止め、茂兵衛に振り向いた。若者の顔がいつになく厳しい。真面目な話をするときの顔だ。

「なあ、茂兵衛よ」

「はッ」

茂兵衛も手綱《たづな》を引き、青毛馬《くろうま》の歩みを止めた。

「貴公、幾つだ？」

「この正月で二十七になり申した」

「嫁は、貰わんのか？」

茂兵衛は、視線を馬の鬣《たてがみ》に落とした。あまり触れられたくはない話題だ。

七十五貫（約七百五十万円）の俸給を受けて屋敷を構え、馬一頭に奉公人二人を抱える身となった。そろそろ奥向きを取り仕切る妻が必要である。ただ——

（綾女《あやめ》殿のことがあるからな）

時には「漢《おとこ》の中の漢」と称賛される茂兵衛だが、今は寡婦《かふ》となり、旧主田鶴姫《たづるひめ》の塚守に戻っている綾女が絡むと、途端に意気地がなくなる。自分でも女々しい、切り換えねばとも思うが、どうしてもそれができない。

「誰ぞ、惚れた女子《おなご》でもおるのか？」

「め、滅相な」

図星を指され、茂兵衛は狼狽《ろうばい》し、痒《かゆ》くもない首筋を無闇に掻いた。

「ならば……ならば、拙者の姉はどうだ？」

「はあ？」

一体全体、善四郎がなにを言いだしたのか理解できず、思わず上役の顔を覗きこんだ。

「今年で二十一。健康で働き者だし、弟の目から見ても、なかなかの器量じゃ」

「そ、それがしの嫁にでございまするか？」

茂兵衛は度を失い、思わず顔を引き攣《つ》らせた。

今は落魄しているとはいえ、大草松平《おおくさまつだいら》家は国守《こくしゅ》徳川家康《いえやす》の縁戚である。対する茂兵衛の家は代々渥美《あつみ》の百姓で、十年前までは苗字すらなかったのだ。

「なに、姉は二度後家になっとる。貴公が亭主になってくれれば、三人目じゃ」

だから「気にすることはない」というのだ。

十五歳で嫁《か》した最初の夫は五年前の曳馬城《ひくまじよう》攻めで、次の夫は三年前の北近江《きたおうみ》姉川戦《あねがわのいくさ》で討死した。ともに茂兵衛も槍を提げて参陣した戦役だ。もう良人《おっと》の葬式は懲《こ》り懲《ご》りだから、もし今後、嫁《とつ》ぐなら『殺しても死なん、牛のような男がいい』と言って泣くそうな。

（綾女殿と境遇が似とる。二十一なら年も同じだら）

綾女は幼くして両親を失い、敬愛する女主人を殺され、嫁した夫は三方ヶ原戦の傷が元で先月死んだ。

——戦国という魔物は、女の涙で喉を潤すらしい。

「殺しても死なん強い男となれば、茂兵衛、貴公しかおらんじゃろ？」

と、若い弓頭《ゆみがしら》は、ここでようやく緊張を解き、相好《そうごう》を崩した。

善四郎が「鉄砲の弾を受けても死なん男がおる」と話すと、姉はその気になり、身を乗り出したそうな。

「や、ほとんど死にかけ申した。もう二度と御免でござる」

掛川《かけがわ》城《じよう》外で背後から馬上筒を射ち込まれ、人事不省に陥った。全快するまでには半年以上もかかったのだ。

「それでも貴公は死なんだ。姉には、そこのところが肝要なのじゃ」

「ま、折角のお話ではござ……」

そこまで言って、茂兵衛は言葉を飲み込んだ。

（や、ええ年をして、いつまでも好いた惚れたでもあるまい。それに、綾女殿には一度求婚してはっきり断られとるんだ）

茂兵衛にとっての遅い初恋は、男としてのケリがすでに着いていた。相手が寡婦になったからといって、女の悲しみにつけ込み、後釜を狙うのは、あまりにもさもしい。

松平の姓を持つ高貴な女が、こんな自分に興味を持ってくれるなら有難いことだ。男も、声がかかるうちが華であろう。

（ええとこの娘を貰う……ちったァ出世の道も拓けようさ）

わずかに打算も働いた。

善四郎は現在、百二十貫（約千二百万円）の俸給を受けている。松平云々《うんぬん》を脇に置けば、百二十貫の家の出戻り娘を、七十五貫の家の当主が娶《めと》る――釣り合いが取れない話とは思えない。

「あの……それがし、百姓の出にござるぞ？」

「六年前に拙者が信康《のぶやす》公に仕えるまで、我が家は無一文じゃった。拙者と姉は母に連れられ、野の草を摘んで飢えを凌いだこともある」

善四郎は前に向きなおり「シッ」と小さく呼びかけ、馬を歩かせ始めた。茂兵衛も後に続いた。

善四郎が、鞍上《あんじょう》で振り返った。

「姉の名は寿美《すみ》という。寿《ことぶき》に美しいと書いて寿美じゃ。覚えておいてくれ」

それだけ言うと、また前を見た。

（善四郎様、本気なんだな。有難てェこったら）

二間（約三・六メートル）前で上下に揺れる小ぶりな肩を眺めながら、この年若い上役の好意が嬉しく、かたじけなく、茂兵衛は少し頬を染めた。

　徳川家臣団の多くは、三河や遠江内に散らばる己が領地に住んでいた。これは他国の戦国大名の被官と変わるところがない。陣触れがあると、家子《いえのこ》郎党《ろうとう》を率いて浜松城や岡崎城《おかざきじょう》に馳せ参じ、分に応じた軍役を果たすのだ。ところが家康は、同盟者の織田信長《おだのぶなが》に倣《なら》い、直属常備軍の育成強化に余念がなかった。日下部兵右衛門《くさかべへいえもん》らの馬廻衆《うままわりしゅう》や、本多平八郎《ほんだへいはちろう》や榊原康政《さかきばらやすまさ》らが旗頭《はたがしら》を務める旗本先手役《はたもとせんてやく》である。

　彼らは浜松城に定住して寝食をともにし、職業軍人として日々鍛錬を続けた。城を取り囲むようにして、各組ごとに駐屯地が決まっており、各隊の指揮官を中心に屋敷や長屋を構えていた。

　例えば平八郎隊の面々は、浜松城の東に広がる曳馬宿に接するようにして集住していた。榊原隊の駐屯地は、城の北西、三方ヶ原へと通じる半僧坊道《はんそうぼうどう》を守るような位置にあった。

　先月、先手弓組の筆頭寄騎に補されると、茂兵衛は大手榎門外に小さな屋敷を与えられた。弓頭である善四郎邸のすぐ近所だ。この地は、弓足軽隊や鉄砲足軽隊の集住地で、各物頭《ものがしら》の屋敷を中心に、足軽長屋が並んでいた。

三方ヶ原での話から数日後、茂兵衛は善四郎に招かれ、三軒隣の松平邸を初めて訪れた。

居間に通され、善四郎と寿美の母である小絵女《さえじょ》に挨拶をした。善四郎も同席してくれているので心強い。

小絵女の年齢は四十前後のはずだが、幾分老《ふ》けて見える。若い頃にはさぞ美しかったろうに、今は姿かたちに老いが垣間見えた。

(御苦労が、顔に出ておられるがね)

深々と平伏しながら、茂兵衛は彼女が歩んだ苦難の道を思った。

「植田殿、お噂は倅《せがれ》よりかねがね」

苦労は小絵女から美貌と若さを奪い去ったかも知れないが、代わりに人間味と他者への優しさを与えていた。彼女が、皺《しわ》とシミの目立つ顔をクシャクシャにして微笑《ほほえ》むと、なぜか茂兵衛の心は和み、緊張は解けた。

「貴方《あなた》、農民の出なの?」

「はッ。東三河は渥美で代々百姓を生業《なりわい》と致しておりました」

「なるほど。それでそのように立派な体軀におなりなのね」

「お、畏れ入りまする」

また平伏する。先ほどより、平伏ばかりしている。

「善四郎が御迷惑をおかけしてはおりませぬか？」

「とんでもございません。よくして頂いておりまする」

気の利いた返答も思い浮かばず、とりあえずそれだけ返して、また平伏した。

顔を上げると、小絵女と目が合った。

「うッ」

心の底まで見通すような、それは厳しい眼差しだ。茂兵衛は思わずたじろぎ、息を呑んだ。明らかに「現在自分は吟味を受けているのだ」と悟った。

（ど、どうすべきなんだ？）

とりあえず背筋を伸ばした。目を逸らさぬように、それでいて穏やかな眼差しを心掛けた。

ゆっくり三呼吸ほども睨み合っていた。

「植田殿、今後とも倅をよろしくお願いしますね」

そう言って微笑みかけた後、小さく咳ばらいをした。

ガタッ。

舞良戸《まいらど》を開けて一人の女が、茶器を捧げ持ち姿を現した。小絵女が咳ばらいを合図に入ってきたところを見れば、たぶん寿美本人だ。「この男は駄目だ」と判断すれば、娘に会わせないという選択肢もあったのだろう。

（ということは、俺は眼鏡に適《かな》ったってことか？　見ただけで分かるもんなのかねェ……婆ァ、仙人か？）

女は、昨今流行の染め物——確か、辻ヶ花とか聞いた——を、あでやかな薄紅の小袖に仕立て、嫋《たお》やかな長身にまとっている。立ち姿が実にいい。小柄な弟よりよほど背が高いのではあるまいか。腰の周囲は年相応に肉置《ししお》きが豊かで、茂兵衛の男をくすぐった。

善四郎から「気が強く、男勝り」と聞かされていたが、表面上は淑《しと》やかな令嬢のように見える。さもしく相手の男を盗み見ることもなく、茶を勧め、平伏し、席を立って退出した。

「植田殿……後は、貴方次第よ。上手くおやりなさい」

間近で寿美を見た茂兵衛の心を見透かすように、小絵女が婿候補の顔を覗きこみ、心地よさげに笑った。

その日の夜、庭に面した茂兵衛の寝所の板戸を叩く者があった。

(誰じゃ、こんな夜更けに？)

開けてみれば、なんと寿美だ。薄物の小袖を頭から被《かぶ》り、両手で支えている。暗い中でも、わずかに震えているのが分かった。三軒隣に住んでいるのだから、さほどの大遠征とも言えないが、それにしても大胆な行動だ。

茂兵衛も大人であり、男である。躊躇《ちゅうちょ》なく女を寝所に招き入れ、灯《とも》りを点した。

「私、植田様に一点だけ確認しておきたいことがあり、不躾《ぶしつけ》を承知でまかり越しましてございます」

と、言って女は平伏した。

昼間は遠慮もあり、顔の品定めまではしなかったのだが、よく見れば、実に美しい顔をしている。黒目勝ちで、鼻筋が通り、薄い唇は堅くキリリと締まって見えた。確かに気が強そうだ。例えば綾女のような、清楚で理知的な美しさや、妹タキのようなポッテリとした妖艶さとは違う。むしろ男性的とも言うべき量感のある美貌だ。

「お確かめになりたいこととは、なんでござろう？」

「肩の鉄砲傷を拝見させて頂きとうございます」

「え？」

妙な頼みだ。他人に、まいてやほとんど初対面の女に見せるものではない。

「でも、なぜ？　実に醜い傷痕でござるぞ」

銃弾が入った穴こそ小さかったが、排膿するために大きく切開した。五寸（約十五センチ）ほどの痕が、四年経った今も右肩に残っている。

「まるで大きな百足《むかで》が這っているよう」と、幾人かの女郎に言われた覚えがある。そんな傷痕だ。

「貴方様のお人柄は、弟と母が太鼓判を押してくれました。なんの不安もございません。でも今は乱世、二人の夫の死で骨身に染みてございます。私、どうしても……」

淡い灯が、女の端然とした鼻や口元を怪しげに照らし出し、大きな瞳に映る灯火がわずかに揺れていた。

「つまり、それがしが、本当に殺しても死なん牛のような男か否か……御自分の目で確かめたいということですな」

女の返事を待たず、茂兵衛はくるりと背中を向けた。寝間着の襟元から右腕を出して突き上げ、露出した右肩を寿美に向けた。戦場で鍛え上げた鋼のような筋肉が隆《りゅう》と盛り上がる。

「まあ……」

女は深い溜息を漏らすと、オズオズと手を伸ばし、背中の傷を指でなぞった。

「よき上役、よき医者、よき朋輩《ほうばい》に恵まれ、なんとか生き長らえてござる」

女は黙ってもどかしげに身を寄せ、茂兵衛の傷痕に唇を押しつけた。

「うッ」

本来、傷痕には感覚がないものだが、このときばかりはビクリと強い衝撃が走った。強い男の欲求が、すべての理性をねじ伏せた。

茂兵衛は向きなおり、女の体を抱き寄せ、唇を強く吸った。

貞淑な綾女とは正反対の情熱的な女らしいが、愛する者を失い、心に深い傷を負っているところは変わらない。そう思えば、いじらしさが募った。

茂兵衛は、美しい女との閨事《ねやごと》に束の間、我を忘れた。

第一章　茂兵衛、故郷に錦をかざる

一

七月に入ると、「信玄死す」の噂は確信へと変わり、三河《みかわ》全体へと広まっていった。

勝頼は白《しら》を切り通すつもりらしいが、武田勢は、もう三月《みつき》も鳴りを潜めたままだ。誰の目にも、武田家の中で異変が起こっていることは明らかだった。

三方《みかた》ヶ原《はら》での大勝後、絶対有利な状況下での不可解な撤収、そして、その後の長い沈黙——すべての謎が「信玄は死んだ」の一言で説明がついた。

ただ、クマやイノシシを狩る猟師の心境と同じで、ほぼ「倒した」と思っても、なかなか獲物に触《さわ》れない。にわかに立ち上がり、襲いかかってくる恐怖が拭い去れないからだ。もし甲斐《かい》の虎が生きていたら——疑心暗鬼が募り、誰もが次の行動を取れなくなっていた。

別《わ》けても、武田と徳川の国境地帯に盤踞《ばんきょ》する国衆《くにしゅう》たちにとっては、信玄の生死は、まさに死活問題であった。彼らは常に、強い方に味方する。勝ち馬に乗り損ねると、一族郎党「根絶やし」にされかねないからだ。あまり旗幟《きし》を鮮明にせず、今日は武田、明日は徳川にと、情や義よりも利と力を重んじることで、生き長らえてきた武士たちなのだ。

例えば、奥三河の国衆たちである。

奥三河とは三河国の北東部を指す。信濃《しなの》へと続く山がちの土地で、天文《てんもん》二十四年（一五五五）に甲斐の武田信玄が信濃伊那谷《いなだに》を制圧して以降、武田と今川《いまがわ》、武田と徳川の境界地域として常に緊張を強《し》いられてきた。

奥三河に端を発して、東三河へと流れる大河豊川《とよかわ》が、山間部から平野部へと顔を出す辺り、東からきた宇連川《うれがわ》との出合い地点で、険しい断崖上に聳《そび》えるのが長《なが》篠城《しのじょう》だ。

元亀《げんき》四年（一五七三）七月現在の城主は、菅沼新九郎正貞《すがぬましんくろうまささだ》である。菅沼氏の庶流である長篠菅沼党を率いる、色白で華奢《きゃしゃ》な三十半ばの男だ。

正貞は家康と気脈を通じながらも、形の上では武田方に与《くみ》していた。一族内における武田贔屓《びいき》の意見に押された格好である。

菅沼党の内情をよく知る酒井忠次《さかいただつぐ》は、「信玄死す」の情報を、最大限に利用しようとした。

「信玄亡き今となっては、武田に昔日《せきじつ》の強さを期待するのは到底無理じゃ」

逆に、家康の背後には、近畿をほぼ手中に収め、天下布武《てんかふぶ》目前の織田信長がついている。

「だから新九郎殿、ここは徳川を選べ。武田に明日はないのだぞ」

と、正貞をかき口説いたのだが、菅沼党内の世論は相変わらず武田贔屓なのだという。業を煮やした酒井は、浜松の家康に出兵を促した。

調略と軍事的圧力は常に車の両輪である。硬軟織り交ぜて押さねば、人も国も動かせるものではない。

今現在、確実に正貞は迷っている。そして、酒井の説得を受け入れながらも、一族内の武田派に従っているところを見れば、かなり気の弱い男なのだろう。ここで軍事的に恫喝すれば、あるいは気が変わり、調略に応じてくるやも知れない。酒井が家康に出陣を求めた所以《ゆえん》である。

「本当にそうなのですか？」

茂兵衛の夜具の中で、寿美は心細げに体を寄せてきた。

長篠城へ向けて出征する前夜、忍んできた寿美の様子は明らかにいつもと違っていた。

「左様。今回はあくまでも脅しです。菅沼正貞殿を恫喝し、和議に応じさせるのが目的なれば、本気の戦《いくさ》にはなりますまい」

三日にあげず寿美は通ってきている。年配の中間《ちゅうげん》と小女《こおんな》を連れ、三軒隣から衣《きぬ》を被って忍んでくる。

「もしも城内から鉄砲を撃ちかけてきたら？　流れ弾ということもございますよね？」

闇の中でも、寿美が顔を曇らせていることは察しがついた。夫を二人も戦で亡くしている。三人目の男も自分を置いて死んでしまうのではないか——出陣ともなれば、不安や不審が膨らみ、寿美の理性を圧し潰しそうになるらしい。

「それがしは弓組の寄騎にござる。弓鉄砲は大事な武具ゆえ、敵の弾が届くような場所には決して配置されませぬ」

「敵の矢弾が届かぬなら、お味方の矢弾も敵に届かぬのでは？」

「ま、それは」

敏《さと》い女には、安直な誤魔化しは通じない。当然、弓組や鉄砲組が後方の安全な場所に布陣することなどありえないのだ。むしろ、自軍の一番前方に置かれる。理由は簡単で、味方を撃たない用心だ。さらには、弓鉄砲足軽は軍事的な専門職であり、代えが利かない。相手もそれを知っているから、敵の矢弾は弓隊、鉄砲隊にこそ集中する。勿論、真実を寿美に伝えることはしない。

「それがしは死なん。

狡《ずる》い男のようだが、女の体を抱きしめ、まさぐり、耳元で囁《ささや》いた。寿美の口からは不安の言葉ではなく、切なげな吐息が漏れ始めた。


京で改元の儀が行われ、以降、天正《てんしょう》元年（一五七三）となった七月二十八日の夜明け。

蜩《ひぐらし》が一斉に鳴き始めるのを待ち、家康は浜松城を三千の兵とともに発《た》った。

野田《のだ》で酒井が率いる東三河衆二千と合流、都合五千の大軍となった。現在は武田の家臣が籠る野田城を横目に睨みながら設楽原《したらがはら》を北上し、翌日の午後には長篠城を包囲した。

松平善四郎が率い、茂兵衛が補佐する先手弓組も家康に帯同していた。

「暑いら」

鞍上で茂兵衛が愚痴をこぼした。

旧暦の七月二十八日は、新暦だと八月二十五日に相当する。残暑がまだまだ厳しい。茂兵衛は、面頬を外し、腰にぶら下げた。騎乗の身分になって初めて着けたのだが、どうもこの面頬という防具は苦手だ。特に暑い時季には、息苦しくていけない。

（汗が顔を伝っても、拭うことさえできねェからのう）

そうは思うものの、茂兵衛の無事を祈って待つ寿美を思うと、面頬無しで戦場に立つことは憚《はばか》られた。やはり面頬と喉垂《めんぼおたれ》は必須の防具だと思う。茂兵衛自身、面頬を着けない相手と槍を交えるなら、迷わず顔や喉を狙うからだ。

（ま、敵が見えてから、着ければええがね）

そう決めて、腰の面頬を二度叩いた。

設楽原を北上し、長篠城が見えたとき、茂兵衛は「なかなかの堅城」との印象を持った。

城の縄張りはほぼ三角形で、うち二辺を北から流れてくる豊川と、東からくる宇連川が自然の水濠《みずぼり》となり防御していた。その上、川面《かわも》から土塁の頂きまで、比高が半町（約五十五メートル）近くもあり、川を渡っての城攻めは、事実上不可能と思われた。

（ただ、北側の守りはいただけんぞ）

三角形の最後の一辺を見たとき、茂兵衛の長篠城への評価は暴落した。平坦な土地が続き、そこを柵と土塁と環壕《からぼり》で防御しているだけだ。大通寺山《だいつうじやま》と呼ばれる小山が柵の近くにまで迫っているのもいけない。あれでは、城内を一望されてしまう。戦略的にも、また城兵の士気という点からも、城の弱点となっていた。

家康は城の西側、豊川を隔てた篠場野《しのばの》に本陣を置いた。城の北側へは、城主菅沼正貞への調略を担当してきた酒井忠次が、東三河の兵二千を率いて布陣した。酒井隊こそが今回の攻城部隊であり、茂兵衛らがいる家康の本隊は、後詰めの位置付けである。

善四郎が率いる弓組は、豊川を見下ろす崖の上に、鉄砲組と並んで配置された。敵の前面に身をさらす格好だが、川を隔てていること、また城からの距離も一町（約百九メートル）以上は離れていることから、さほどの怖さは感じなかった。

「善四郎殿おるか？　槍足軽をしばし貸してくれんかのう？」

雷のような声がして、本多平八郎が善四郎の陣を訪ねてきた。

平八郎は、亡くなった善四郎の父に恩義があり、今は彼の後見人をもって任じている。十七歳とまだ若く、頼りない善四郎に、腹心の茂兵衛を寄騎として付けたのも、他ならぬ平八郎であった。

「右手に見える小高い山に上る。あっこの頂上から度々煙が上がっておるのよ」

城の東側、宇連川を渡った先には比高三十丈（約九十メートル）ほどの頂きが五つ、南北に連なっている。その中央にある山の頂上が、どうやら城兵の狼煙場《のろしば》になっているらしい。

平八郎はそれを潰しに行くことを思い立ったが、急峻な道なき道を上るとなれば、騎馬武者衆は連れて行けない。狼煙場にどれほどの敵兵がいるか分からぬので、手持ちの槍足軽二十人では心もとないと言うのだ。

「夕方にはちゃんと返すから、貴公の槍足軽を全部貸してくれ」

「はい、どうぞお連れ下さい。ただ、できれば拙者も御一緒したいが」

「弓の用があるときは、貴公に頼むがね。でも、今回は槍だら」

善四郎は、弓以外には使えない。槍も馬も下手だし、山を上る体力にも欠ける。ただ、それをそのまま言えば、体面を潰すことになる。豪放磊落《ごうほうらいらく》な平八郎も、人並みに気働きぐらいはできるのだ。

「左様ですか。では、植田をお連れ下され」

「おう、端からそのつもりよ」

と、豪傑が笑い声を上げた。

松平善四郎が率いる家康直属の先手弓組は、三十人の弓足軽を基幹に、護衛部隊となる槍足軽が二十人。副将格の植田茂兵衛の他に足軽小頭を務める徒侍《かちざむらい》が五人いる。総勢五十七人の精鋭部隊だ。

弓組の主たる役目は、鉄砲組の後詰めである。

鉄砲は強力な武器だが、一発撃てば、次弾を装填《そうてん》するのに、熟練者が早合《はやごう》などを使っても六呼吸（約二十秒）は要する。その間、敵の突撃を撥ね返すため、連射の利く弓組が間を繋ぐのだ。弓組が迫りくる敵を射すくめているうちに鉄砲の装填が済み、次の斉射が敵兵を薙《な》ぎ倒す——そんな役割分担だ。

ただ、鉄砲にせよ、弓にせよ、飛び道具には弱点があった。

白兵戦、格闘戦など、所謂《いわゆる》乱戦に弱いのだ。

まず、鉄砲は高価で貴重な武器である。奪われたら大変だ。一方、弓自体は安価でも、弓の技術習得は難しく、射手は容易に補充が利かない。敵が迫り、乱戦に持ち込まれそうになったとき、弓足軽や鉄砲足軽を守るのが、槍足軽隊の役目であった。

善四郎が率いる弓組の槍足軽は十人ずつ二組、それぞれ足軽小頭に率いられている。うちの一人は野場城以来の盟友、公私ともに茂兵衛のよき相棒である木戸《きど》辰蔵《たつぞう》だ。

もう一人の小頭は服部宗助《はっとりそうすけ》という三十半ばの男である。元々は酒井忠次の足軽であったが、槍の腕と冷静沈着さを買われ、今回、足軽小頭に抜擢《ばってき》された。酒井は善四郎に「信頼できる男だから使ってみてくれ」と推薦したという。

今回、平八郎が率いる臨時の攻撃隊は総勢四十六人だ。槍足軽が四組四十人。士分が平八郎や茂兵衛を含めて六人——否、士分がもう一人いた。

平八郎の郎党で、今や兜武者に出世した茂兵衛の弟、丑松《うしまつ》である。丑松は、頭はとろいし、武芸はからっきしだ。敢闘精神にも欠けている。

ただし、目が利く。夜目も遠目もよく利く。その視力の戦略的価値に惚れこんだ平八郎が、茂兵衛に頼み込み、丑松を家臣に貰い受けたのだ。

「兄《あに》ィ」

「よお丑、久しいのう」

同じ城下に住んでいても、配置が異なると意外に顔を合わせないものだ。

「丑松、見違えたがや。凜々しいのう！」

辰蔵もやってきて、三人で旧交を温めた。長く足軽として苦労をともにしてきた三人である。それが、まがりなりにも揃って士分となれた。今、辰蔵が丑松に「凜々しい」と声をかけたのは、丑松の甲冑《かっちゅう》姿を初めて見た感想である。二人が士分になった餞別《はなむけ》に、茂兵衛は大枚四貫（約四十万円）をはたいて頭形兜《ずなりかぶと》と当世具足《とうせいぐそく》二領を購入、二人に贈ったのだ。

ちなみに、茂兵衛は未だに姉川戦《あねがわのいくさ》での鹵獲品《ろかくひん》を使っている。当時金のなかった茂兵衛のために、辰蔵と丑松が敵の首なし骸《むくろ》から剝《は》ぎ取ってきてくれた寄せ集め品だ。兜と具足の色が違い、それを陰で笑う向きもあるらしいが、茂兵衛は一切気にしていない。むしろ気に入っている。別けても黒漆をかけた桶側胴《おけがわどう》は、やや重いが堅牢そのもので、大身槍《おおみのやり》の刺突《しとつ》にもよく耐えた。幾度か命を救われている。実用本位——見栄えなどどうでもいい。

宇連川の渡渉《としょう》には少し手間取ったが、狼煙場までは四半刻（約三十分）もかからなかった。頂上の手前で行軍を止め、物見を出したが、すぐに駆け戻ってきて、狼煙場こそあったが、敵兵は逃げて誰もいない旨が報告された。

「これから敵狼煙場を占拠する。それ、かかれ」

ひと戦できなかったことに落胆し、鼻白んだ様子の平八郎が命じた。

頂上は木が伐採され、半町（約五十五メートル）四方の広場となっていた。中央部には丸石を積んだ狼煙台が残されており、周囲には樹脂が多く煙が出やすい杉の枝葉がうず高く積まれていた。空気が入らぬよう押さえつけて燃やせば、大量の煙が立ち上る。

「鳶《とび》ヶ巣山《すやま》の狼煙台か……まあええ、壊してまえ」

と、平八郎が配下の足軽小頭に狼煙台の破壊を命じた。

茂兵衛は、ここが鳶ヶ巣山と呼ばれていることを、このとき初めて知った。

二

両軍が睨み合ったまま何事もなく数日が過ぎた。八月に入ると、酒井忠次は籠城する菅沼正貞への調略を本格化させた。

城に籠る菅沼党はわずか三百ほどだ。五千の寄せ手で一気に押せば、すぐにも落とせそうだが、酒井は調略に拘《こだわ》った。

「奥三河の国衆は誰もが日和見じゃ。上手く扱えば味方となり、よく働いてくれるが、敵となれば、なかなか手強い」

武力で押すと、徳川を恨んで武田方に走るのか、恐れてこちらへ靡《なび》くのか分からない。

「その点、調略は先が読めるからのう。槍より言葉の方が確実じゃ」

元家臣の服部宗助によれば、酒井は日頃からそう口にしていたそうだ。

酒井の言う〝奥三河の国衆〟とは、作手《つくで》の奥平《おくだいら》党、長篠菅沼党、田峰《だみね》菅沼党、野田菅沼党などを指す。互いに付かず離れず。ときに戦い、ときに同盟しては、武田と徳川の間を行ったり来たりして、巧みに泳いできた。

「左衛門《さえもんの》尉《じょう》様とは、どのようなお方か？」

焚火の炎を眺めながら、茂兵衛は服部に酒井の人柄を質《ただ》した。

篠場野に露営する善四郎麾下《きか》の弓組である。二日月の頃とて、ほとんど月の見えない暗い夜だ。陰暦の八月、ようやく夏の暑さも峠を越えた。草叢では早々と秋の虫が鳴き始めている。

「手前のような者が語るのは僭越《せんえつ》にございますが、酒井様はよく、御自分と家康公は似ていると仰せでした」

「ほう、どんなところが？」

「それは、ちと、憚《はばか》りがござる」

「構わんでしょう。仲間内だけだ」

と、辰蔵が微笑んでグイと土器《かわらけ》を空けた。茂兵衛を中心に、辰蔵と丑松、それに今夜は服部が加わって酒を飲んでいる。

「されば申しますが……右や左、上や下にも気を配り、いつも気苦労が絶えぬところが、大層似ておるそうにございます」

「アハハ、殿様と御家老が苦労性？　そりゃ、ええわ」

「徳川は安泰だら」

皆、声を上げて笑った。

実は、茂兵衛はこの服部に若干の疑念を抱いている。

善四郎が公私にわたり、平八郎に近いことは誰もが知る話だ。その善四郎の配下に、目をかけている男を小頭として送り込む――間者《かんじゃ》や隠密とまでは言わぬが、平八郎派の内情を知るため「あえて酒井が送り込んだ男」なのかも知れない。

（ただ、酒井様は敵ではねェからな。ま、服部の前では、あまり左衛門尉様を露骨には腐さねェ……そのぐらいの心構えでいれば問題なかろう）

平八郎の豪勇と酒井の知勇、戦国の世にあっては、ともに大事な資質だ。茂兵衛自身は平八郎派であるが、酒井は敵で、倒すべき相手という認識はない。平八郎と酒井は軍議で対立しても、一旦方針が決まれば徳川の旗の下、恩讐を超えて合力し、助け合う同志のはずである。

互いにその辺は分かっているのだろうが、家康を間に挟むと、どうしても議論が過激化してしまうようだ。

（亭主を挟んだ正室と側室のいがみ合いに、よう似とるがね）

さしずめ家康は、気の強い二人の女房の間で、おろおろするばかりの駄目亭主の役回りであろうか――

（や、それも違う。殿様はもうすこし小狡いわ）

家康はむしろ重臣《おとな》二人の確執を利用しているのではないか。功を競わせ、互いを監視させる。二人の上に君臨する自分は安泰だ。

（ふう……）

と、ここまでで茂兵衛は、考えるのを止めておくことにした。

（どうして俺は、殿様の嫌なところばかりが目につくかなァ。もう少しええところも探して、家康公のことを好きにならにゃ、家来なんぞやっとれんがね）

ほとんど月の見えない夜である。見上げれば、天の川が天空を横切り、夏の星々が満天に輝いていた。


翌朝、菅沼正貞は降伏し、長篠城は戦わずして開城した。酒井は説得したが、正貞は武田から離反するつもりはないという。

城兵とともに武田領へと去っていく正貞を見送った酒井は、その足で、三里（約十二キロ）離れた作手亀山城《かめやまじょう》を目指して、馬を走らせた。

現在は武田についているが、内々で誼《よしみ》を通じている奥平貞能《さだよし》・九八郎貞昌《くはちろうさだまさ》父子に、まずは長篠城陥落を伝えるためだ。

作手は、奥三河の北西部に広がる森林に覆われた高原地帯である。

「ほう、開城とな」

作手亀山城の一室で、隠居の貞能は身を乗り出して瞠目《どうもく》した。

この貞能は、武田家内部の伝手《つて》を頼りに、最初に「信玄死亡説」を唱え、家康に通報、接近してきた抜け目のない人物である。

「左様。我が殿は、菅沼の城兵をただの一人も殺さなんだぞ」

「それは祝着」

「慈悲深いお方なのじゃ。それに先般来のお話も、是非進めたいと仰せである」

「亀姫《かめひめ》様を、倅《せがれ》貞昌の嫁に貰えるということであったな？」

亀姫は家康の実娘である。

「左様。武士に二言はない。ただ……」

「ただ？」

貞能が質した。

最前より押し黙っている若き当主の貞昌も顔を上げ、酒井の目を覗きこんだ。

「九八郎殿、ここは貴公の踏ん切り一つじゃ。人としてではなく、乱世の武将として、奥平党の頭領として了見されよ」

酒井が、厳しい顔で若者を睨み返した。

貞昌の妻で十六歳のおふうと実弟で十三歳の千丸《せんまる》は、現在人質として武田に差し出されている。もし、貞昌が徳川に寝返れば、勝頼は二人を惨殺するだろう。

しばし沈黙が流れた。

「ここで、徳川につけば……」

貞昌が初めて言葉を発した。語尾が震えている。

「勝頼は、二度とワシを許しはすまい。ワシも、やるからにはやる。武田との戦いの先頭に立つ！」

そう言って、若者は突っ伏し、慟哭《どうこく》した。

「乱世の倣いとは申せ、お察し致す」

酒井も目頭を拭う素振りを見せたが、その指は濡れていなかった。

三方ヶ原の大敗からわずか八ヶ月、この瞬間、徳川は奥三河での失地をほぼ回復したのである。家康は、奥平貞昌を奪還したばかりの長篠城主に据えた。娘婿となる男を対武田戦の前線指揮官に任命したのだ。

一方、「信玄死す」の報を利用した家康の外交的勝利は、甲府《こうふ》の武田勝頼を激怒させた。勝頼は迷うことなく、おふうと千丸を無惨な磔刑《たつけい》に処した。

三

植田村は、渥美《あつみ》半島の付け根にある長閑《のどか》な集落だ。

酒井忠次が城主を務める吉田城《よしだじょう》と、本多広孝《ほんだひろたか》が治める田原城《たはらじょう》の間に位置する。

十年前の永禄《えいろく》六年（一五六三）十月、茂兵衛と丑松の兄弟は、この故郷の村から逐電した。

きっかけは悪童同士の喧嘩である。茂兵衛が振り下ろした薪《まき》の当たり所が悪く、相手が卒中を患い、翌日には死んでしまったのだ。

当時、粗暴な茂兵衛は村の嫌われ者であった。

父親を早くに亡くし、長男として「自分が家族を守らねば」との気持ちが強すぎたのだ。被害者意識が高じて、世間の誰もが母や弟妹を蔑み、笑っているように感じた。有り余る若さと体力に任せ、誰彼かまわず鉄拳を振るったものだ。

そんな茂兵衛も、今では徳川家の士分として、俸給七十五貫（約七百五十万円）を食《は》み、騎乗の身分にまで出世した村の立志伝中の人物である。

故郷の人々から「粗暴で人殺しの茂兵衛」と嫌われるのも辛いが、一方で「三河公の御旗本」と掌《てのひら》を返されるのも不快だった。結果、茂兵衛にとって故郷は敷居が高い土地となった。この十年間、一度も帰郷したことはないし、それを願ったこともない。自分の家は、徳川家以外にはないと本気で思っている。

ただ、四月に騎乗の身分となったことで、母が後妻に入っている豪農の五郎《ごろう》右衛門《えもん》に、馬や奉公人の調達で随分と世話をかけた。

「会って礼ぐらい言わねェと義理を欠くことになるからなァ。丑松、おまんも来るか？」

「ああ、行く行く。おっかァの顔も見てェし。昔、虐《いじ》められた野郎たちに侍姿も見せつけてやりてェ。へへ、意趣返しだら」

「ほうか、そりゃええなァ」

とろい丑松は、村童たちのからかいの対象だった。殴られても、蹴られても、気に病む風もなくニコニコしており、茂兵衛などは「馬鹿は怒り方を知らねェらしい」と呆れたものだ。しかし、意趣返し云々《うんぬん》の件《くだり》を聞けば、人並みに悔しくはあったらしい。

「茂兵衛、俺も連れて行ってくれんか？」

辰蔵までが、一度植田村を見てみたいと言い出した。

（問題は、寿美殿か……）

浜松では、善四郎の姉の寿美が、首を長くして茂兵衛の帰りを待っている。なにせ寿美の前夫と前々夫は、戦で討死を遂げたのだ。茂兵衛が長篠城攻めから無事に戻るのを一日千秋の思いで待っているはずだ。呑気に里帰りなどしていては、女心を踏みにじることにもなりかねない。

「茂兵衛、文がええがね。手紙を書け」

辰蔵が知恵を付けてくれた。

「無事を伝え、事情を説き、しばしの猶予を求める。その文を善四郎様に託せばええら」

「うん。なにもせんよりはええかもな」

早速、茂兵衛は矢立《やたて》を取り出した。

凱旋する家康本隊と酒井隊は、野田で左右に分かれた。

本隊は浜名湖《はまなこ》の北岸を目指し、酒井隊はそのまま吉田城へ向かう。茂兵衛もここで善四郎たちと別れ、酒井隊について南下した。

茂兵衛一行は五人である。馬に乗った茂兵衛を挟んで丑松と辰蔵、小者が轡《くつわ》を取り、後方から荷物を抱えたもう一人の小者が続く。

茂兵衛の乗馬は「青梅《おうめ》」という。八歳になる雄の青毛馬《くろうま》だ。

茂兵衛は体が大きく、体重も十九貫（約七十一キロ）弱ある。さらには甲冑などを着こめば二十三貫（約八十六キロ）以上にもなってしまう。小型の馬ではへばり、動けなくなりそうだ。さりとて、巨大な荒馬を乗りこなすには、茂兵衛の乗馬経験は乏し過ぎた。

「ならば大柄な雌馬《ひんば》にすればええら？　しおらしくて力持ち……人にもおるら」

と、辰蔵は牝馬を薦めたが、これは現実を知らないが故の暴論であった。牝馬が一頭いるだけで、他の牡馬《おすうま》たちは盛り、興奮し、乗り手の指示に従わなくなるらしいのだ。騎馬武者衆に大迷惑をかけてしまう。ひいては負け戦の遠因ともなりかねない。ちなみに、まだこの時代には「去勢」という思想や技術は普及していない。

困り果てた茂兵衛は、五郎右衛門に手紙を書き、相談してみた。

「では、体力のある牡馬で、人懐っこく従順な馬を探しましょう。馬喰《ばくろう》に知り合いもござれば、万《よろず》お任せ下され」

との、頼もしい返事がすぐに戻ってきた。

それから十日もしないうちに、一頭の巨大な青毛馬が浜松の屋敷に届けられたのだ。茂兵衛と愛馬青梅との出会いであった。

若い時分には、人を嚙《か》む相当な悍馬《かんば》だったらしいが、今では落ち着き、手荒な扱いさえせねば、どんな乗り手にも従順だという。

「若い頃は暴れん坊、でも今は落ち着いた。そんな話を聞けば、なにやらこの馬、俺に似とるがね」

茂兵衛はひと目で青梅を気に入った。以来、山野をともに歩き、話しかけ、草を食ませ、徐々に馬との信頼関係を深めてきた。

その青梅に跨って、吉田城を過ぎ、田原街道を南下した。二里（約八キロ）も進めば植田村に到着する。

十年前、丑松と二人、血槍を提げて走ったのがこの道だ。

（なんも変わらんのう。相変わらず湿気《しけ》た土地だら）

と、街道を進みながら思ったが、丑松や二人いる奉公人が里帰りを楽しみにし、浮かれているので、故郷を腐すような発言は慎んだ。

茂兵衛は現在、奉公人を二人抱えている。

青梅の轡を取っているのが吉次《きちじ》、茂兵衛の槍を持っているのが三十郎《さんじゅうろう》である。二人とも、植田村出身の若者で、五郎右衛門が人柄を選び推薦してくれた信用のおける人物だ。小者は武士ではないが、主人に従って戦場に出るので、一応、足軽装束を身に着け、槍を抱えている。夏目次郎左衛門《なつめじろうざえもん》に仕えた当初の茂兵衛と辰蔵もそうであった。

「ほんのガキでしたが、俺は殿様のこと、薄《うつす》らと覚えとります」

街道を歩きながら、三十郎が馬上の茂兵衛を見上げた。

「でかくておっかなかった。兄ィたちが『茂兵衛を見たら逃げろ』って」

「たァけ」

「す、すんません」

彼は、今年十八歳で茂兵衛より九歳若い。八歳の頃の記憶に出てくる茂兵衛は、鬼か魔物のように見えたらしい。

(ま、若気の至りとはいえ、俺ァ随分と暴れたからなァ。村の衆は怯えとるかも知れんのう)

ふと、あることを思いついた。

「おい、吉次」

「へいッ」

襷を取ったまま、吉次が振り返った。彼は今年で二十歳《はたち》だ。青梅の世話や屋敷の掃除、食事の支度などを担当させている小者である。

「おまん、ここからひとっ走りして村に先乗りせェ」

「へい」

「五郎右衛門殿に、もうすぐ着くとお伝えせよ。それからな……」

ここで茂兵衛は黙った。頭の中で言葉を慎重に選んだ。

「それから、ワシは村の誰にも恨みは持っておらんから、逃げ隠れは一切無用と村人に先触れせよ」

「はあ？」

「兄ィ、それは止めといた方がええ」

横から丑松が嘴《くちばし》を入れてきた。

「なぜよ？」

「皆、変に気を回すよ。そもそも、兄ィが恨んどらんのは当たり前で、恨んどるのは殴られた村人の方だがね」

「え、そ、や……」

弟に本質を突かれ、しどろもどろになった。

「知らん顔しとった方がええよ。十年経っとるし、お互い大人になっとるら」

「ほ、ほうか。そ、それもそうだら」

とろい弟から意見され、思わず納得してしまう兄であった。

辰蔵が薄ら笑いを浮かべながら、相棒を見つめていた。


植田村が近づいてくると、さらに茂兵衛は不安にかられた。

長篠城攻めの帰りであるから、当然、茂兵衛は甲冑を身に着けている。辰蔵と丑松も同様だ。轡取りの吉次も、先月新調したばかりの茂兵衛の笹刃《ささは》の槍を担ぐ三十郎も、足軽用の具足を着用し、鉄笠を被っている。

この物騒な一団の姿が、村人たちを刺激し、怯えさせはせぬかと気になって仕方がなかった。甲冑姿の武士は、農民にとって、ときには疫病神であったりもするからだ。


「止まれ」

村外れの松林に入ったところで腕を上げ、一同の歩みを止めた。

「ワシは甲冑を脱ぐ」

「え？」

「平穏な村に入るのじゃ。武具は余計じゃろう」

そう命じて、青梅を下りた。

甲冑を脱ぎ、鎧直垂《よろいひたたれ》姿で青梅によじ上り、再び出発した。脱いだ甲冑は鎧櫃《よろいびつ》にしまい三十郎が背負った。

歩み始めると周囲に人の気配がある。見れば、太い赤松の幹の陰から、村の童と思しき子供たちが七、八人、茂兵衛のことを窺っている。

年齢的には、ちょうど茂兵衛が拳を振るっていた若者たちの、息子や娘の世代だろう。親からどんな風に聞かされているのか知らないが、元々は村の先輩で、今は馬に乗る立派なお武家様を、恐る恐る見上げていた。

親しく声をかけることも考えたが、あまりに気さく過ぎても威厳を損ねるかも知れない。通り過ぎるときに、笑顔で頷くだけに止めた。

子供たちは茂兵衛一行についてきた。

三間（約五・四メートル）ほど間を置いて、なにも言わずに、ぞろぞろと続く。

「知り合いか？」

と、辰蔵が後ろを振り返りながら質した。

「まさか。ガキに知り合いなどおらんわ」

「ほんじゃ、なぜついてくる？」

「祭りの神輿《みこし》と同じだら。珍しいものがあると、ガキはつきまとう」

「なるほど」

背後に続く子供たちの数は徐々に増えていった。

年齢層も次第に高くなり、着飾った娘たちまで交ざるようになった。中には、露骨な色目を遣ってくる娘もいて、茂兵衛をどぎまぎさせた。

十七年間も植田村で暮らしたが、嫌われ者で、容貌《ようぼう》もいかつい茂兵衛は、異性関係で「美味しい思い」をしたことなど一度もなかったのだ。それが馬に乗り、腰に両刀を帯びただけで、見知らぬ娘から色目を遣われるようになる。

（そう言えば大久保《おおくぼ》様が、侍になれば「村の女子《おなご》の見る目が違ってくる」と言っておられたなァ）

三方ヶ原で討死した大久保四郎九郎《しろうくろう》は美男だった。彼だからこその話で、容貌魁偉《かいい》な自分が馬に乗ったところで、ちやほやされることはあるまい――そのときはそう思ったものだが、かくの如しだ。

（ったく……女って生き物は、ちゃっかりしとるがね）

と、心中でこぼしながら青梅を進めた。

四

植田村での宿所は、五郎右衛門の屋敷である。

五郎右衛門は植田村一の土地持ちで、豪農と呼ぶに相応《ふさわ》しい。その屋敷も広大で周囲には小規模だが水濠を巡らし、塀で囲ってある。茂兵衛の戦術眼では、五十人かそこらの農民が竹槍をもって立て籠れば、野武士や野盗の攻撃ぐらいは十分に撥ね返せよう。なにせ乱世だ。百姓たちも分相応な武装をし、自衛の心意気を持っていた。

三十郎と吉次には、土産《みやげ》代わりに多少の永楽銭《えいらくせん》を持たせ、実家の親元に帰らせた。五郎右衛門邸に逗留するのは、辰蔵と丑松と茂兵衛の三人である。

「あれま、二人とも御立派になられて」

富裕な農家の後妻に入り苦労がないせいか、母は健康を取り戻していた。十年の歳月を経て大層出世した二人の息子を、眩しそうに仰ぎ見た。

子のない五郎右衛門の養女となった二番目の妹が、律儀そうな婿を取って五郎右衛門家を継ぎ、末の妹も良縁に恵まれて隣村に住んでいるそうな。二組の妹夫婦は子宝にも恵まれていた。

「茂兵衛様、丑松様、大層な御出世、おめでとうございます」

五郎右衛門は、三人の侍を上座に座らせた上、妻と娘夫婦を従えて平伏した。妻とは茂兵衛の母、娘夫婦とは養女となった二番目の妹とその連れ合いを指す。

「義父上《ちちうえ》、どうぞ茂兵衛、丑松と呼び捨てて下され。様付けは他人行儀でいけません」

五郎右衛門は、母や妹を大事に扱ってくれた上に、今は茂兵衛にまで援助の手を差し伸べてくれている。人を殺《あや》めて村にいられなくなったとき、六栗《むつぐり》村の夏目次郎左衛門に紹介状を書いてくれたのもまた五郎右衛門だ。少しばかり出世したからと、侍風《さむらいかぜ》を吹かせるのは恥ずかしい。

「茂兵衛は兎も角、あの丑松がねェ……有名な本多平八郎様の御家来衆だと聞いたが、ちゃんとお役にたっているのかい？」

母は、茂兵衛を放っておいて丑松の隣に座り込み、倅の腕に腕をからめて離れようとしない。丑松が一端《いっぱし》の侍になれたことがよほど嬉しいらしい。できの悪い子ほど可愛い——そういうことなのだろう。

「ほうだら。本多の殿様が兄ィの次に頼りにしてるのが、この俺さ」

「たァけ。大法螺《おおぼら》吹くな！」

茂兵衛が丑松の頭を軽く叩いたので、一座は笑いに包まれた。

「で、木戸様は……まだ、お一人なのですか？」

母は辰蔵に向きなおり、愛嬌を振りまいたが、五郎右衛門や妹夫婦の表情が一瞬強張《こわば》ったのを茂兵衛は見逃さなかった。

「はい、独り身にござる」

「お幾つ？」

「今年二十八になりました」

普段は忘れているが、辰蔵は茂兵衛より一つ上だ。

「あれ、年回りはちょうどええ……ね、貴方《あなた》？」

と、五郎右衛門に同意を求めた。

「そ、そうだな……」

夫は、困惑気味に目を伏せた。

茂兵衛には察しがついていた。

豪農の義父と健康を取り戻した母、国守《こくしゅ》と有力侍大将に仕える義理の息子たち、二人いる妹も良縁を摑み、子宝にも恵まれた。この絵に描いたような幸せな一族にあって、問題を抱えている者が一人いた──上の妹のタキである。

十年前、茂兵衛が喧嘩の末、結果的に殺してしまった倉蔵《くらぞう》という若者は、タキの「いい人」だったのだ。

無論、茂兵衛はそのことを知らなかった。十四になったばかりの妹は、変な男に付きまとわれ「迷惑をしている」とばかり思っていたのだ。倉蔵の死が伝わったとき、タキが兄に向けた、悲しみと憎悪に満ちた目を茂兵衛ははっきりと覚えている。

タキは美人だし、頭もいい。それなりに縁談はあったようだが、決して彼女は首を縦に振らなかったそうだ。倉蔵の死に方が死に方だっただけに、五郎右衛門も母も強いことは言えずに、時だけが経った。下の妹二人は良縁に恵まれ、二十四になる姉一人が人生をこじらせてしまっている。

「タキ、俺だァ」

タキが一人で寝起きしている離れを、茂兵衛は訪ねてみた。

中でごとごとと、慌てたような音がした。

「入ってもええか？」

「ど、どうぞ」

か弱い返事が中から戻ってきた。

はたして離れを訪れていいものか、母と五郎右衛門に意見を聞いたのだが、二人ともあえて反対はしなかった。ただ期待もしていない風で、タキに関しては、よほど手詰まりな状態なのだろう。

「御出世、おめでとうございます」

妹が兄に平伏した。

「うん。お陰でな」

十四の頃は太り肉《ふとりじし》の肉感的な少女であったが、現在のタキは随分と痩《や》せていた。ただその分、妖艶さが増したようにも思う。いずれにせよタキは美しい。

兄と妹は話すこともなく、ただ黙って座り、向き合っていた。障子を張った明かり窓のすぐ外で、蜩がもの悲しく鳴き始めた。

「おまん、今も俺のことを恨んどるんだろうな?」

「そんなことないよ」

「や、恨んで当然だがね。おまんの〝いい人〟を死なせちまったのは、他ならぬ俺だから」

またしばらく沈黙が流れた。

「あのね、兄《あに》さん」

「うん」

「あれから倉蔵さんの噂を色々と耳にしてね。あちこちに女の人がいたみたい」

倉蔵は美男だが、卑怯で狡い男だった。喧嘩という人の本質が露呈する場で相対した茂兵衛が下した結論だ。おおむね外してはいまい。

「私が勝手に熱を上げてただけ……私、馬鹿だから。今は茂兵衛兄さんのことを恨んじゃいないよ」

「本当か？」

「うん。恨んでない」

「俺ァまた、俺に当てつけて、くすぶっとるんだろうって思っとった」

「まさか、そこまで因果な性質《たち》じゃないさ」

「でもよ。若い娘が、こんな離れに引き籠っとってどうする？」

「もう、若い娘なんかじゃないがね」

寂しげに笑って顔を伏せた。タキは茂兵衛の三つ年下だ。今年で二十四――この時代にあっては年増《としま》の部類に入る。

「どうして嫁に行かん？」

「別に、大した理由なんかないさ」

タキは茂兵衛を直視せず、顔を横に向けたまま喋り始めた。

「確かに最初は、倉蔵さんのことがあったから断ってた。で、そろそろもういいかな、って思いだした頃には、あまり縁談が来なくなってた」

ここでタキは、深く溜息をついた。

「その内になんとなく『嫁になんかいかんでもええのかな』って……五郎右衛門の父は、よくしてくれるしね」

「なるほどな」

茂兵衛には妹の心情がおぼろげに読めた。

初恋の男には他にも女がいた。その男は死に、兄二人は村を去った。妹たちは伴侶を見つけたのに自分だけが独り身だ。そのまま十年が経ち、今は自分を馬鹿だと蔑み、もう年寄りだと自嘲している。

(タキは結局、自信を失くしとるんだ。それだけだら)

もし誰かが、タキの心に寄り添い、支え、彼女に彼女自身の価値を認めさせれば、多分妹は蘇生する。その上で鬱屈した心に、外の風を吹き込めばいい。十四の頃の、気が強く、社交的で、少し皮肉屋のタキに必ず戻れるはずだ。

「ああ、もったいねェこったァ」

茂兵衛は意識的に惚けた声を上げた。

「こんな器量よしがよォ」

「わ、私のこと？」

「おうよ。兄貴の俺の目から見ても、おまんは綺麗だら」

「う、嘘だァ」

一瞬、頰がわずかに染まった。

「嘘なもんか。実の妹でなけりゃ、俺ァどこの女子より、おまんを選ぶがね」

うつむいて聞いていたタキが、上目遣いに茂兵衛を睨んだ。

「兄《あに》さんなんて、私の方が嫌だよ……おっかねェもん」

「ガハハハ、ゆうたなこいつ！」

少しだけ、風が通った。

五

翌朝、茂兵衛と丑松は辰蔵を誘い、昔住んでいた家を見に行くことにした。

茂兵衛たちが逐電した後、残された四人の女は、五郎右衛門の屋敷に移り住んだ。以来ほぼ十年、家は放置されたままになっている。

屋敷を出ようとすると、母が「自分も一緒に行きたい」と言いだした。

「おっかァが来るなら、タキも誘ってみちゃどうだ」

水を向けると、母は大乗り気で離れへと走り去った。

「タキ、来るかなァ？」

「おい丑松、おまん、昔の調子でタキと遣り合うなよ。タキは今、おまんと違って、人生が巧くいってねェんだ。優しくしてやれよ」

「わ、分かってるよ」

と、一応は頷いたが、右手の甲で強く鼻の下を擦《こす》った。若干、不満げだ。

「でもよ、タキの奴は生意気なところがあるから……俺にもできねェ辛抱ってもんがあるら」

日頃は温厚な丑松だが、どうにもタキにだけは強硬だ。

実は、タキと丑松は、タキと茂兵衛以上に相性が悪い。タキが兄貴である丑松を軽んじ小馬鹿にし、丑松が激高して妹に言い返す――十年前は、そんな展開が多かったように思う。誰に虐められてもうつむくだけだった丑松だが、己《おの》が妹からまで侮辱されるのは、よほど嫌だったのだろう。

（ま、逆に、丑松と喧嘩するぐらいになれば、タキも本調子ということだら）

などと考えているところに、母がタキを伴って戻ってきた。

淡い浅葱《あさぎ》の小袖に、萌葱《もえぎ》の帯を腰の前で結び、大ぶりな菅笠《すげがさ》を被っている。富裕な農家の娘らしい装束だ。元々が美しく、姿もいいので見栄えがする。

昨日のタキは、離れに籠ったまま顔を出さなかった。丑松とは十年ぶりの再会で、辰蔵とは初対面である。茂兵衛は横目で窺ったが、初めてタキを見た辰蔵は、これといった反応を見せなかった。

「よおタキ……おまん、随分と痩せたなァ」

「丑松兄《あに》さん、侍になれたのかい？　よかったじゃないか」

「おうよ。本多平八郎様の一の家来よ」

「ふん、本多平八って誰だよ？」

ゴホン、ゴホン。

——急に辰蔵が噎《む》せた。

昨今の三河の民で、あの本多平八郎忠勝《ただかつ》の名を「平八」などと呼ぶ者がいることに衝撃を受けたようだ。

(タキの奴、丑松相手だと威勢がええじゃねェか。元気がなくなっちまった原因の一つは、喧嘩相手の丑松が傍にいなくなったからかも知れねェ。丑松と毎日喧嘩させれば三月《みつき》で全快なんだがなァ)

と、茂兵衛は内心で苦笑した。

「こ、こちら、上の娘のタキにございます」

と、母は引き攣《つ》った笑顔で辰蔵に長女を紹介した。母は、タキを辰蔵の嫁にどうかと狙っているらしいが、本人よりもよほど緊張している。

辰蔵とタキは、視線を合わすことなく黙って会釈を交わした。

(ほう、辰蔵の奴、タキのことを意識しとるら)

辰蔵は如才のない男で、ある意味「人たらし」でもある。老若男女を問わず、紹介されたら笑顔を見せるし、一言二言の挨拶で場を和ませるぐらいは、朝飯前のはずだ。

(年増盛りの女を紹介されて、目も見ずに黙って会釈か？　それじゃ俺や丑松と大して変わらねェわ)

辰蔵のタキへの硬い対応は、むしろ相手を意識していることの証——と、茂兵衛は解釈した。

(ほうだら……そういえば)

辰蔵は以前、酒席で酩酊した折、「女は、鼻っ柱が強くて、少し口が悪いぐらいが面白れェ。長く付き合うのに、飽きねェでええわ」と語っていた。

(おいおいおい、辰蔵とタキ……本当に無くもねェなァ)

旧暦の八月である、はしりの赤蜻蛉《あかとんぼ》が舞う畦道《あぜみち》を、一行五人はのんびりと歩いた。木立の中では蜩が鳴いている。季節の変わり目だ。

母が丑松とタキの肩を抱くようにして先行し、茂兵衛と辰蔵は少し遅れて、これに続いた。五郎右衛門邸から元の家までは、四半里（約一キロ）ほど歩かねばならない。

「どうだら、タキは器量よしだろう？」

先行する三人には聞こえぬように、茂兵衛は辰蔵に小声で話しかけた。

「お袋様も、下の妹さんも綺麗で驚いた。おまんら兄弟と、本当に血の繋がりがあるんか？」

「たァけ。正真正銘、俺のお袋だし、俺の妹だら。俺の面《つら》を見れば分かるだろ、そっくりだがや」

「はっきりゆうとくが、全然似とらんぞ」

茂兵衛と丑松は、死んだ親父似だ。対して、妹三人は母親似である。

「おまん、タキと夫婦《めおと》にならんか？」

駄目元で、単刀直入にぶつけてみた。三月《みつき》前、茂兵衛も善四郎から似たような言葉をかけられたのだ。あの時は本当に驚いた。ところが、その後は話が早く、寿美とは現在「理無《わりな》い仲」となっている。ことほど左様に男と女は――

「たァけ」

「や、なにも今日明日にどうこうって話じゃねェ。浜松に帰ってから文など交換してみたらどうだって話よ」

「おまんと綾女殿のようにか？」

「うっ……」

言葉に詰まって、辰蔵を睨みつけた。ほんの一瞬だが殺意すら覚えた。

「たァけ、本気で睨むな。冗談よ。冗談だら」

「た、頼む。今度からは、わ、笑える冗談にしてくれ」

「ああ、分かった。すまん」

とんだ藪蛇になった。二人は黙って歩を進めた。


茂兵衛と丑松が生まれ育った家は、荒れていた。

家の裏側にあった竹林が押し出してきて、太い孟宗竹《もうそうちく》が数本、傷んだ茅葺《かやぶき》の屋根を貫き、空に向かって伸びていた。

「墓も無くなっとるのか……」

丑松が寂しげに呟いた。

裏の竹林内には、亡父を含めて一族が眠る墓地があったのだが、五郎右衛門の手ですべて掘り起こされていた。

「小さな骨も丁寧に拾ってくれてね。陽光寺《ようこうじ》様に改葬してくれたんだよ」

取り繕うように母が呟いた。

「私は、竹に埋もれても、そのままの方がええって言ったんだけどね」

近くにある禅寺内に、五輪塔《くようとう》が建てられ、集められた一族の遺骨はそこに埋葬されているという。

五郎右衛門は賢い。俯瞰してものが見える男だ。

多感な少女三人と病弱な中年女――女四人を家族として受け入れるに当たり、過去の清算は、どうしても必要なことだったのだろう。現世での人間関係を最優先させ、死者の記憶は「供養」というかたちで別建てとする。過去を懐かしむのはいいが、それが人の前進を阻む足枷となるようではいけない。

「ま、義父《おやじ》殿の考えは正しいと思うね」

茂兵衛は五郎右衛門の肩を持った。

論より証拠で、母も下の妹二人も、五郎右衛門の庇護の下、人生を謳歌しているではないか。今はこじらせているタキでさえも、己が不幸を継父の所為《せい》にする様子は一切見えない。五郎右衛門は巧くやったのだ。

「人間、顔を上げて前に進まにゃ……な、タキ？」

「………」

妹は、困ったように顔を伏せた。

「帰りに陽光寺に寄ろう。ちゃんと墓参りしていくから」

「そうしとくれ。おとうも喜ぶ」

と、母が嬉しそうに頷いた。

六

「殿様、少々お話がございます」

奉公人の三十郎が、早朝から五郎右衛門邸に茂兵衛を訪ねてきた。

「殿様は、御屋敷の奉公人をもう一人か二人増やすお考えでしたよね？」

現在、出陣の際には、吉次が馬の轡を取り、食料の荷を背負う。三十郎は鎧櫃を背負い茂兵衛の槍を持つ。奉公人二人でなんとかこと足りるが、この編制だと屋敷が留守になる。今回は近所の翁《おきな》に、留守番を頼んでいるが、なにせ七十歳を超えた老人だから、盗《ぬす》っ人《と》一人すら撃退できないはずだ。かなり不用心である。奉公人を三人か四人に増やせば、せめて留守の心配はなくなる。

「おう、そのつもりだら」

茂兵衛は縁側に座り、母と下の妹が蒸《ふ》かしてくれた薄甘い団子を一個、庭に控える三十郎に手渡しながら答えた。

「手前の朋輩《ほうばい》に、七之助《しちのすけ》という男がおります。身の丈も目方も殿様を超える偉丈夫、それでいて心優しく、正直な働き者です。こいつなどいかがでしょう？」

茂兵衛は身の丈が六尺（約百八十センチ）、目方は十九貫（約七十一キロ）である。五尺（約百五十センチ）そこそこが標準身長だったこの時代の男としては、頭一つ抜けてデカい。その彼よりさらに大きいというのだから、その幼馴染は余程の巨体に育ったものと思われた。

「年は？」

「私と同じで、今年十八にございます。もしや覚えておられませぬか……殿様の元の御実家から川を挟んだ集落に住む七之助にございます」

「おうおう、あの七之助か。熊八《くまはち》の倅だら」

「はい、左様で」

三十郎が嬉しそうに頷いた。

熊八は茂兵衛より八歳年長だが、幾度かぶん殴ってやった。決して悪い男ではないのだが、丑松へのからかいが度を越すことがあったのだ。十歳の頃までは挑んでも敵わなかったが、少なくとも十二歳以降は負け知らずで、彼を半死半生の目に遭わせたこともある。

「確か、熊八の野郎は、義父《おやじ》殿のとこの小作か、作男だったんじゃねェかな」

作男と小作は区別せねばならない。小作は、豪農に地代を支払って農地を借り受け、好きな作物を植え、収穫物を所得とする独立した農民である。一方、作男は、豪農の指揮を受けて農作業や土木作業に従事する使用人だ。身分的には、小作の方が若干上か。

「熊八さんは、二年前に卒中で亡くなりました。三十三にございました」

「え、卒中で？　まさか、俺が殴ったからか？」

倉蔵の二の舞は、もう懲り懲りである。

「まさか、そんなことはございませんでしょう」

三十郎は、呆れ顔で否定した。

熊八が死んだのは二年前だ。茂兵衛が彼を殴ったのは少なくとも十年前——八年も経っていれば、さすがに殴打と卒中の間に因果関係はなさそうだ。

「ま、熊八はどうでもええ。問題は七之助だら」

色白で柄の大きい、頭の悪そうな童が、記憶の端に上った。

「あいつ、俺の奉公人になりたがっとるのか？」

「へい。なにしろ大男で膂力《りよりよく》がもの凄い。殿様に仕込んで頂ければ、手前なんぞより、よほどものになるに相違ございません」

「ほうか」

確かに、巨漢の正直者なら奉公人にして損はない。

（ただ、それほどの男なら、義父殿《おやじどの》はなぜ俺に推挙しなかったんだ？）

三十郎と吉次を推薦してくれたのは五郎右衛門だ。二人とも正直で働き者ではあるが、図抜けた体軀や才覚を持っているわけではない。

（待てよ）

記憶の中での七之助は、いつも鼻水を垂らしていた。それを己が袖で拭うものだから、袖口がテカテカのガビガビで――

「こら、三十郎！」

「へい」

「七之助は、もしや馬鹿ではあるまいな？」

「ば、馬鹿って……そりゃ、特に賢いとゆうわけでもねェですが、ま、人並みですら。人並み」

「読み書きは？」

「手紙のやり取りぐらいはできます」

（ふん、じゃ、丑松よりは賢いか）

「もし七之助を召し抱えれば、おまんと吉次の同僚ということになる。三人は気

七之助は普段はええ奴ですから」

「俺ァ幼馴染だし気も合います。吉次もガキの頃からの顔見知りだし。七之助は普段はええ奴ですから」

「普段は？」

「や、いつもええ奴ですら」

(奥歯にものが挟まったような……ま、ええわ。詳しいことは義父殿に訊いてみよう。雇うかどうかは、本人に会った上での話だら)

そう決めて、いつの間にか冷えてしまった残りの団子を頬張った。

「ああ、七之助ね。確かに大男だが……ありゃ、駄目だがね」

七之助の名を出すと、書斎で寛《くつろ》いでいた五郎右衛門が、急に渋い顔になった。

「なにがです？」

「ま、普段は気のええ男だら。真面目で、よう働くしな。ところが一旦乱れると別人になりくさる。暴れ出す。なにせ巨体だ。手がつけられん」

「乱れるとは？」

「酒よ」

「あ、酒癖が悪いのですか？」

「飛び切りな」

「飲ませなきゃええでしょう？」

「日頃は自分でも飲まんように気をつけとるみたいじゃ。ただ、偶《たま》にはどうしても飲みたい夜もあるがね。そんなときに大爆発しよるのよ」

「だ、大爆発？」

「先月、暴れたときは酷かった。止めようとした作男仲間のうち、一人は脛の骨を折り、一人は肩を外した。それも五人がかりじゃった」

「ご、五人がかり！」

「大体、三月《みつき》に一度は怪我人がでる。暴れとるのは、我が家の作男だら……ワシとしても肩身が狭いし、村の衆の手前、冷や汗ものよ」

「お察しします」

七之助は、父親の熊八の代から、五郎右衛門家に出入りする作男である。もし酔った七之助が村人に大怪我を負わせたり、ましてや殺したりすると、主人である五郎右衛門にまで咎《とが》が及びかねない。義父の困惑が、茂兵衛にはよく理解できた。自分のことを引き合いに出しても、乱暴者の身内は肩身が狭くなるものだ。

「それで、それがしの奉公人として奴を推挙しなかったんですね？」

「ほうだがや。それに親の代からの長い付き合いだら。厄介払いというわけにもいかんでな」

五郎右衛門が切なげに嘆息を漏らした。

義父の書斎を出て、庭に面した廊下を歩いていると物陰から声がかかった。

「茂兵衛……」

母であった。

「悪いけど盗み聞きさせて貰ったよ。七之助ね、アレは足軽に向いとるがね」

「ほうかい」

「酒さえ飲まにゃ、ええ男だら。真面目だし、義理堅い。あんたの子分にしたら、よう働くと思うよ」

「おっかァ、子分じゃねェよ。家来だ。奉公人だら」

「うん、じゃ、奉公人でええわ」

そう返事をしてから、母は少し考え込んだ。大きな黒い瞳が、左へ右へと幾度か動いた。

「たとえ暴れても、あんたがいれば手もなく取り押さえられるさ」

「俺よりデカいそうじゃねェか」

「見かけだけよ。茂兵衛様は、ほれ、本物だから」

母は茂兵衛の袖の端を摑み、身を寄せ、上目遣いで煽《おだ》てた。我が母ながら、妙に婀娜《あだ》っぽい。

「義父殿《おやじ》は『やめとけ』ゆうとった」

「本心じゃないさ。あんたが七之助を浜松に連れて行ってくれたら、どんなにうちの人の肩の荷が下りるか……こんな言い方はしたかないけど、あんたもうちの人には恩義があるはずだろ？　丑松だってそうだら。私もタキ以下の娘たちも、えらく世話になっとる。どうだろね？　七之助を浜松に連れて行っちゃくれないかね」

「………」

この母には、自分と三人の娘を守るため、茂兵衛と丑松を切り捨てた前科がある。それから十年を経て、今度は亭主と家を守るために、茂兵衛に厄介者を押し付けようとしているのだ。

「な、おっかァ？」

「ん？」

小首を傾《かし》げ、茂兵衛を見上げた。

「あんたにとって……俺は、なんだ？」

「そら、腹を痛めた可愛い倅さ。徳川様の御旗本で、自慢の息子だがね」

母は声を上げ、さも可笑しそうに笑った。

「本当に……そうか？」

もの心がついてこの方、母に甘えた記憶が茂兵衛にはない。弟妹たちが、母にすがり笑いさざめく様を、いつも羨ましげに眺めながら終日野良で働いていた。

母が茂兵衛に微笑むのは、ものを頼むときだけだ。

「茂兵衛、水をくんできておくれよ」

「茂兵衛、薪がもうないね」

「茂兵衛、タキを小便に連れていってやって」

そして今、酒乱の大男を押し付けようとしている母は、とても優しげで、満面の笑みを茂兵衛に投げかけてくれている。

しばらく黙って、母の目を見ていた。

母の顔から笑いが失せ、目を逸らした。不思議に、茂兵衛の気持ちが伝わったようだ。

「あ、あんたの言いたいことは分かるよ」

母は、よく手入れされた五郎右衛門邸の庭に目を遣った。そろそろ女郎花《おみなえし》が、黄色い花を咲かせ始めている。

「あんたは強くて賢くて、なんでもできる。親馬鹿で言ってるんじゃない。徳川様だってあんたを認めたからこそ、取り立ててくれたんじゃないか。だから、つい頼っちまう。『茂兵衛だから、いいかな』って甘えちまうんだ。あんたには、母親らしいことはなに一つしてやれなかった。本当に申しわけないと思ってるよ……御免ね」

――沈黙が流れた。

もうこれで十分だと思った。母は謝罪したのだ。これ以上、わだかまりを持つのは倅として不孝だし、男としては女々しい。

「七之助が食わせてる家族はいねェのかい？　弟やら妹やらおった気もするが」

「え、じゃあ、いいんだね？」

一瞬、母の顔が輝き、そして慌てて言葉を続けた。

「あ、後に残る七之助の家族の面倒は、うちの人がちゃんと見るから。私が責任を持って見させるから。そこだけは安心しとくれ」

「ほうかい。なら、仕方ねェなァ」

茂兵衛は苦笑しながら頷いた。

七

「やめとけ。酒乱なんぞ、使い物にならんがや」

話を聞くなり、辰蔵は大反対した。

「そもそも、体がデカければ足軽が務まるのか？　体の小さな俺は、足軽失格か？　冗談じゃねェ、十年この体で立派にやってきたんだら！」

「そう怒るな。別に、おまんがどうこうゆうとるわけじゃねェら」

「おまんはまた、義父《おやじ》だかお袋だかに泣きつかれ、面倒事を引き受けたんだろうが、お人好しもええ加減にせえ！」

（こ、こいつは陰陽師か？　どうして俺の事情を全部知っとる？）

「ほ、ほうじゃねェ。話を持ってきたのは三十郎だら」

「嘘こけ！」

ま、嘘でこそないが、ほとんど本質からは外れた事実だ。

「だからよォ。まずは当人に会ってみてよォ。本気で足軽奉公をやる気があるのか、ねェのか、確かめてみようや」

「やる気云々の前に、その馬鹿に酒を鱈腹《たらふく》飲ませてみることだら。果たして手に負える程度の酒乱か、見極める方が先決だら」

「あ、そりゃええな。じゃ、これから酒持って、塒《ねぐら》を訪ねてみるか」

「ふん。好きにすればええ。俺ァ知らん」

「たァけ。おまんも一緒に来るんだよ」

「俺は関係ねェ。おまんとこの義父《おやじ》とお袋、それに奉公人の用事だら。全部おまんの用事だら。俺を巻き込むな！」

と、凄い剣幕だ。血相まで変えている。若干の違和感を覚えた。

「辰よ」

「あ？」

「なにを興奮しとる？　おまんの好きそうな話じゃねェか。断るにしても、そんな顔色を変えるようなことかい？」

「あ……」

辰蔵が困惑の表情を浮かべた。しばらく沈黙が流れた。

「や、実はちょっと腹の調子が悪くてな。今回は、遠慮しとくわ」

「ほ、ほうかい」

もやもやとした気分のまま、辰蔵を残してその場を後にした。

果たして七之助は、稀に見る偉丈夫であった。

身の丈は、ゆうに六尺二寸（約百八十六センチ）。目方は二十七貫（約百キロ）ほどもあろうか。まさに巨人であった。

ただ、足軽隊を指揮する茂兵衛の目から見れば、体重があり過ぎる。これでは長く走れないし、動きも鈍くなろう。いい矢弾の的だ。

（ま、少し痩せさせれば、使えんこともなかろう）

「おい七之助、俺の面を覚えとるか？」

「へい。川向こうの茂兵衛様のお顔はよう覚えとりますら」

善良そうだが、なにやら腰が引けている。怯えた様子だ。

なにせ要注意な危険人物である。茂兵衛は万が一のことを考えて、丑松と三十郎、それに吉次まで呼び出し、伴っていた。吉次は密かに、薪を背中に忍ばせている。

「おまんの親父の熊八さんとは一緒に遊んだ仲だら」

「へい。親父もよう茂兵衛様のことを話しとりました」

「さ、左様か」

多分、ろくな話ではあるまい。なにしろ幾度も鉄拳を振るっている。ま、振るわれたこともあるわけだが——いずれにせよ、話を変えた方がよさそうだ。

「おまん、立派な体軀をしとるなァ」

「おかげ様で」

「惚れ惚れするわ」

「へい」

「こんな田舎で、作男をしとるのは勿体ないがね」

「へい」

「どうだ、俺と一緒に浜松へ来んか？　頑張ればすぐにも侍になれる。刀を差して歩けば、女子の見る目が違ってくるぞ」

腰の打刀を指で叩いてみせた。例によって最後の台詞《せりふ》は、三方ヶ原で討死した大久保四郎九郎から茂兵衛自身が言われた言葉だ。

「へい」

「では来る気はあるのか、浜松に？」

「そらもう……折角《せっかく》男に生まれたんで、大暴れしたい気持ちはなくもねェですら」

「なくもねェなら、来るか？」

「や、少々心配事がございまして」

「酒か？」

「へ、へい」

大男が、身を縮めた。

「いつも迷惑かけるんで、この上、徳川様や茂兵衛様にまで御迷惑をかけたら大変ですし。そこのところだけが、ちょっと……」

「俺が指揮する槍足軽というのは、村一番の腕自慢が集まった荒くれ者の集団だら。植田村で百姓相手に暴れるのとはわけが違う。おまんが心配せずとも、迷惑がかかる前に取り押さえられるわ」

「ほんなもんでしょうか」

「ほんなもんだら」

茂兵衛は五郎右衛門邸の厨《くりや》から酒を分けて貰ってきていた。

この、少し気弱に見える青年が、酔うと人が変わるのだという。実感がわかないが、現実に被害者も出ているらしいから、嘘ではあるまい。

陽は、まだ高い。

七之助を誘って小川の畔《ほとり》に出た。秋が近いとはいえ陽射しはまだ強い。川沿いを好む欅《けやき》の木陰に場所を定めた。

辰蔵の提案に従い、あえて七之助に酒を飲ませてみようと思っている。大男が暴れる場面が想定されるから、物が壊れず、いざとなったら走って逃げられる屋外を選んだのだ。

「や、俺ァ酒は飲まねェことに決めてますんで」

「そうもいかん。一度、酔って乱れるところを見せて欲しい。俺の手に負えるのか、それとも端から無理なのか、見定めたい」

茂兵衛は真剣に七之助を説得した。土手の地面に七之助を座らせ、酒の瓢《ひさご》を手にして対座している。

「へい。じゃ、ちょっとだけ」

「たァけ。たっぷり飲んで、酔って、暴れてみせろ」

「や、でも」

「そうでもしなければ、分からんだろうが！」

「へ、へい」

茂兵衛も初めて見る透明な酒である——甘い香りがするが、甘くはない。むしろ酒精はかなりきつそうだ。

「ほれ、一気にいけ」

と、木椀になみなみと注ぐと、七之助がちびりと舐めた。

「や、でもこれ、喉が焼ける……なんです、この酒？」

「芋酒とかいうそうな。西国で醸される異国の酒だら」

「ま、美味《うま》いけど」

京都以外の日本では、酒といえばまだ濁酒《どぶろく》が中心であった。しかし、琉球《りゅうきゅう》の蒸留酒は薩摩《さつま》に伝わっていたし、十六世紀半ばには京にまで進出していた。

四半刻（約三十分）ほど静かな酒宴は続いた。

茂兵衛は木椀が空になると、芋酒を黙々と注いだ。

「そうですね……柄杓《ひしゃく》三杯までは酒は美味《うめ》ェです。ただ、柄杓に四杯目ぐれェから頭がふらついて、よう分からんようになりますら。五杯以降になると、なんにも覚えとらんで、翌日目覚めると、人が転がってる」

「ほう、柄杓四、五杯が分かれ目なのだな？」

「へい」

はじめの頃こそ七之助は「美味い」だとか「暴れたら御遠慮なく殴り倒して下さい」なぞと小声でブツブツ言っていたのだが、そのうち押し黙って盃《はい》を重ねるようになった。目も少し据わってきたように感じる。そろそろ瓢の酒が乏しくなってきた。

「どんな具合だ、七之助？」

「へい、少しは酔ってございますが、まだまだ」

「まだまだか……おい吉次、ワシの母にゆうてな、芋酒を貰ってきてくれ」

「へい」

と、小者の吉次が茂兵衛の手から瓢を受け取った。

「ちょいと小便」

七之助が立ち上がった。

「では、俺も」

茂兵衛も続いて立ち上がった。

「……ヒック」

七之助がシャックリをした。

「ん?」

七之助がジッと茂兵衛を見ている。否、睨んでいる。

「どうした七之助?」

と、声をかけた、その刹那——

「茂兵衛、こら——ッ!」

七之助が吼《ほ》えた。

「え?」

七之助が突っ込んできて、両手で茂兵衛の肩を突いた。もの凄い圧力だ。茂兵衛は二間(約三・六メートル)ほどふっ飛んで、欅の大木の根方に叩きつけられた。背中を強《したた》か打って息ができない。そこへ、七之助が圧《の》し掛かってきた。

「この野郎、茂兵衛! おまんが侍なんて笑わせるがや!」

そう言って馬乗りとなり、大きな拳で茂兵衛の顔面を殴ってきた。

(七之助の馬鹿が、激高しとるがね。か、顔がもたん)

体を捻って拳を避《よ》けようとするが、まるで巨大な石臼でも腹の上に載せられたようで、まったく動かない。殴られ続けて目の前が徐々に暗くなっていく。

「止め、七公！」

幼馴染の三十郎が必死に、七之助を制止する声が聞こえた。三十郎と吉次が主人を危機から救わんと七之助の体に抱きついたが、七之助が身震いすると、二人とも撥ね飛ばされてしまった。例によって丑松は、隠れて出てこない。

「この茂兵衛の糞野郎ァ、死んだ親父の仇だら！」

（おい、さっきの話と違わんか！）

「倉蔵さんも殺した極悪人だら！　皆のためだら。村のためだら。世の為、人の為だら。今日こそ俺が、こいつの息の根を……」

ボクッ！

「う〜ん……」

巨体が、茂兵衛の顔の上に覆いかぶさってきた。

どうやら吉次が、薪で七之助の後頭部を殴りつけてくれたらしい。

「この化け物をどかしてくれ……い、息ができん」

「へい、旦那様」

と、吉次が七之助の腕を摑んだ瞬間――

「殴ったのァ、手前《てめ》ェかッ！」

と、七之助が復活し、吉次の腕を摑み返した。

「うわッ」

一気に立ち上がり、吉次の袴の帯を鷲摑みにした。

「こなくそ〜ッ」

見る見る吉次の両足が宙に浮く。最後は、頭上に高々と差し上げられた。

七之助がポンと放ると、吉次の体は宙を舞い、小川の中へ落下し、盛大な水《み》飛沫《しぶき》が上がった。

ただ、吉次のお陰で、茂兵衛は起き直っていた。まだ頭がくらくらするが、なんとか体は動く。首を振って覚醒に努めた。

(なにしろ、七之助の動きを止めなきゃ。でも、どうする?)

「死ね——ッ」

と、頭を下げて七之助が突っ込んできた。茂兵衛も低い体勢で当たり、両の腕《かいな》で顎の辺りをかち上げた。

「ぐあッ」

巨人が棒立ちになったところを、顎先を狙い、右の拳を横からぶち込んだ。

ゴン。

　これで脳が揺れたはず。七之助は失神するだろう——と思ったが、倒れない。フラフラになりながらも、茂兵衛の首を両手で絞め上げた。

「グヌヌヌ」

目の前で火花が散る。ここで失神すると、そのまま絞め殺される。一巻の終わりだ。茂兵衛は最後の気力を振り絞って、七之助の上腕部を摑み体勢を安定させると、乾坤一擲《けんこんいってき》の右膝を、七之助の股間にぶち込んだ。

「うーん」

七之助は完全に伸びてしまった。茂兵衛も限界だった。徐々に意識が遠退《とおの》いていく。

　薄れゆく意識の中で、茂兵衛は今後の心配をしていた。

（本当にこの化け物を、浜松に連れて帰るのか？　俺のことを「親父の仇」とか抜かしてやがったぞ？　後ろから鉄砲で撃つ横山左馬之助《よこやまさまのすけ》だけでも危なっかしいのに……その上に……）

　ここでストンと意識が途絶えた。

　東三河への往路は青梅に乗り、甲冑姿で威風堂々と進んだものだが、復路は、痣《あざ》やらたん瘤《こぶ》だらけになって、這《ほ》う這《ほ》うの体《てい》で浜松を目指していた。轡を吉次が取り、甲冑姿の辰蔵と丑松が続き、その後方から三十郎と七之助が意気消沈してトボトボと続いていた。

結局、厄介払いができて嬉しげな五郎右衛門にも、涙を浮かべて茂兵衛を拝む母にも「浜松に、七之助は連れていけない」とは言い出せなかった。この七之助という異常者は茂兵衛の屋敷で小者として下働きでもさせ、様子を見ることになる。茂兵衛のことを「親父の仇」呼ばわりしている男と、一つ屋根の下で暮らすのだ。いつ寝首を掻かれるのか知れたものではない。

「まったく覚えておらぬのか？」

「へい、すんません」

最後尾を歩く七之助がすまなそうに返した。

「俺のことを『親父の仇』呼ばわりしたのだぞ？」

特に左目の瞼が酷く腫れ、片方の視野を完全に奪っていた。七之助を睨みつけるのは右目だけだ、体をよくよく捻った。

「俺、酒が入ると、なにゆうたか、やらかしたか、覚えがなくなるんですら」

「正気の今はどうだ？　俺は親父の仇か？」

「いえ。とんでもねェです。親父は卒中で死んだんですから」

「ほうだら。そこを忘れるな！」

「へい」

（なにしろ七之助が暴れたわけじゃねェ。酒が殴らせたんだ。これ以上、この大男をとっちめても詮無いことだがや）

と考え、話題を変えることにした。

「ときに、辰よ。腹の具合はもうええのか？」

「腹？　お、おう、お陰さんでな。もう大丈夫だら」

肚の据わった辰蔵には珍しく動揺している。

「おまん、昨日タキと一緒におったらしいな？」

「やい丑松、喋ったのか？」

辰蔵が、隣を歩く丑松を睨みつけた。

昨日、七之助のところから帰った後に、丑松が、廊下に並んで腰かけ楽しそうに会話する辰蔵とタキの姿を見たというのだ。

「そらゆうよ。タキは俺と兄ィの妹だら」

「手ェぐらい握ったのか？」

「たァけ。文を書くとだけ言ってきた」

「で、タキはなんと？」

「はい、と」

「それだけか？　嬉しいとか、待ってるとか、普通は言い足すものだろうさ？」

「はい、とだけ応えたな」

「おまん、嫌われたのではねェか？」

「知らんがや」

タキと辰蔵のことは取りあえず脇へ置いておこう。辰蔵は自分より賢い。女の扱いにも、茂兵衛よりは慣れている。自分が気に病んでやる必要はない。男と女、なるようになる。

天正元年（一五七三）の八月——夏はもう終わろうとしていた。

第二章　不信なり三河守《みかわのかみ》

一

天正《てんしょう》二年（一五七四）の正月明け、茂兵衛は、本多平八郎夫婦を媒酌人として松平寿美を嫁に迎えた。

「ね、上手く参りましたでしょ？」

初夜の床で、新郎に身を寄せた新婦が、悪戯《いたずら》っぽく笑った。

「なにが？」

「母がね。せめて貴方《あなた》様が『百貫取りになるまで待ったら』とか言い出して」

ちなみに、現在の茂兵衛の俸給は年に七十五貫（約七百五十万円）である。

「私、そんなに待てませぬので、一策を案じましたの」

「どういうことだ？」

寿美は、茂兵衛の耳元に口を寄せて囁《ささや》いた。

「この半年、この屋敷へ忍んで参る途中で知り合いに会うと、私、その都度きちんと御挨拶しましたのよ」

「そら、挨拶ぐらいするだろ？」

「まさか、夜分に若い女の衣被《きぬかずき》ですよ。普通は恥じらって身を隠しますし、相手も知らぬ振りをするのが人の道にございます」

「な、なるほど」

と、応えてからピンときた。

「う、噂が立つようにか？　つまりおまんは、わざと噂を立てたのだな」

「ウフフ、御明察」

既成事実を作り、母親を恫喝したということらしい。わずか三軒隣の屋敷に通うのに、大仰に老中間《ちゅうげん》と小女《こおんな》を引き連れていたのは、世間の目を引くためだったのか。

（おいおいおい、恐ろしい女子《おなご》だら）

「嫌だわ。貴方様は誤解なさってたのね……私がコレに目がなくて……」

「ウッ」

グイッと握られた。

「それで足しげく通っていたと自惚《うぬぼ》れていらしたんでしょう。酷い！」

「ヒッ」

今度は捩《ねじ》られた。

（い、いかん、完全に翻弄されとるがね……このままだと一生尻に敷かれる）

悪知恵では到底敵《かな》いそうにないので、ここは体力で圧倒するしかない。

「あん……」

茂兵衛は、強引に妻を組み敷くと、唇で唇を塞いだ。

榎門外《えのきもん》の茂兵衛邸は、若夫婦の他に、植田村から同道した三人の若者と松平家から寿美に付いてきた小女一人——計六人が住む所帯となった。加えて、善四郎や辰蔵、丑松が入りびたるし、ときには泥酔した平八郎が泊まっていくこともあって、人の出入りが多い、かなり賑やかな新婚生活だった。

奉公人の吉次、三十郎、七之助には、屋敷の仕事の他に、毎日槍突き千本、木剣振り千回を課している。

茂兵衛自身も、野場城《のばじょう》以来この十年、千本突きの日課を欠かしたことがない。千本といっても、やれば大したことはなく、四半刻（約三十分）もあれば終わる。剣術が不得意なことを反省し、八年前からは、これに木剣の素振りを加えてきた。木剣振りの千回はかなり辛いが、効果は槍突き以上に出る。極言すれば、振るだけで、ある程度まで腕は上がる。休息を挟んでこれも四半刻で終えるようにした。都合、日に半刻（約一時間）ほど奉公人に交じって汗を流している。

「ええか、槍突きは、漫然と千回突いても効果は薄いぞ」

奉公人たちに茂兵衛は説いた。

「どこをどう突くか、狙った一寸（約三センチ）四方を正確に突けるか、一突き、一突き、確認しながら鍛錬せよ」

時には、自ら甲冑《かっちゅう》を着こみ、どこをどう突けば槍が刺さるのかを指導した。戦場での兜武者は、兜を被り、当世具足《とうせいぐそく》と小具足を厳重に着込んでいる。まず刀では斬れないし、槍も急所を精密に突かねば刺さらない。

「相手が面頰《めんぼお》と喉垂《たれ》を着けておらねば、これは顔や喉が狙い目じゃ。的がでかいし、深手を負わせられる」

それに自分の顔に向かって飛んでくる槍の穂先は、距離感が摑みにくく、避《よ》け難いものだ。避けても体勢を大きく崩すことになるから、次の一刺しで仕留められやすい。

「これ七之助、力任せに突くな。おまんは、突く前に肩が怒《いか》っとるぞ」

力を込め、肩を怒らせると、相手に「今から突くぞ」と報せているようなものだ。力を抜き、静態からフッと一瞬で穂先を繰り出せるかどうかで、槍の勝負は決まる。

「兜を被っておらぬ相手なら、上から叩くのが上策だら」

槍の穂の付け根の部分、硬い太刀打《たちうち》の辺りでまともに殴れば、頭骨など容易に割れる。

「下腹を狙うのもええな」

具足の胴から、草摺《くさずり》をぶら下げている揺糸《ゆるぎのいと》の辺り。草摺と草摺の間隙も当世具足の弱点と言えた。

「弱点と分かっていて、甲冑師はどうして工夫せんのです？」

三十郎が不思議そうに訊ねた。

「揺糸がある腰の部分を鉄で覆ったら、体が動かん。それにな……」

大鎧に比べ、当世具足は大分軽量化が図られているが、それでも重たい。体の多くの部分で甲冑の重量を分散して支える工夫が必要になる。揺糸の上から太い帯や綱を巻けば、鉄胴の重さを、腰と肩の二ヶ所で支えることができるのだ。弱点と分かっていても、揺糸が欠かせない所以《ゆえん》である。

「相手が面頰に兜を着用している場合、下腹しか狙えぬのですね？」

「持槍が上達して、正確に狙えるようになったら、脇の下を刺せ。籠手をはめとっても槍先は通る。それに兜の上からでも殴りつければ相手は怯むぞ。戦場で幾度も兜を叩かれたが、首から背骨にかけてジーンと痺れたようになるがね」

十八歳と二十歳の若者たちである。鍛えれば鍛えるだけ、教えれば教えるだけ目に見えて強く、逞《たくま》しくなっていった。教える方も、教え甲斐がある。

大男の七之助にも問題はなかった。

酒乱であることは、ちゃんと寿美に伝えてある。女房としての寿美は、屋敷の隅々にまで睨みを利かせ、すべてを管理していた。七之助が奥方様の目を盗んで酒を飲むことなど到底不可能と思われた。酔わない限りは真面目で誠実な奉公人である。

ただ彼は太りやすい。食えば食うだけ太る。太ると戦場では不利になるから、茂兵衛は青梅に乗って城の周辺を巡るとき、必ず七之助を連れていくようにしていた。

「本当のところ、おまんの死んだテテ御は、俺のことをどう言ってた？」

青梅の鞍上で振り返り、後方から息も絶え絶えについてくる七之助に訊ねてみた。朝方、わずかに降った雨が、三方ヶ原《みかたはら》の草をしっとりと濡らしている。

「や、それを申し上げるのは、ちと憚《はばか》られます」

七之助は額の大汗を腕で拭いながら答えた。

「おいおい、よほど悪し様《あざま》にゆわれとったようだら」

茂兵衛は苦笑した。

人殺しとか、破落戸《ごろつき》とか、腐れ外道とか、ま、そんなところだろう。

「年下にやられるのが、どうにも悔しかったみたいです」

「そう申すが、十二歳までは、ずっと俺が熊公に殴られとったわけだからな」

「へい、申しわけねェこって」

「おまんに謝られてもな……ま、殴り、殴られ、お互い様だら」

「へい、そう思います」

「ほうか。よかった。熊八の倅《せがれ》から言われて気が楽になったわ、アハハ」

主従はしばらく黙って三方ヶ原を進んだ。

ポクポクと土を踏む青梅の足音だけが荒地に響いた。この時代、馬の蹄《ひづめ》を守るためには、馬沓《うまぐつ》を履かせた。馬の足に合わせた円形の草鞋《わらじ》である。日本の馬は生まれつき蹄が堅く、草鞋で十分に用をなした。蹄鉄《ていてつ》が普及するのは、西洋種の馬が広まる明治期以降だ。

「丑松がな」

「へい」

「鉄砲を修業しとるのだが、なかなか上達せんと嘆いとったわ」

「へい、さいですか」

「丑の奴は、目はええんじゃが、目方が足りんそうな」

射撃に肝腎なことは視力のよさと体重だ。少なくとも一町（約百九メートル）先ぐらいまではきちんと見えねば駄目だろうし、体重が軽いと発砲時に銃が暴れて的に当たらない。

「おまんは人並み外れて体が重い。七之助、目はどうだら？」

「目は、普通ですら」

「あ、そう」

「へい」

その後はまた、喋ることがなくなった。主従は黙って草の中を進んだ。

茂兵衛はどちらかと言えば無口だ。というより口下手だ。七之助も似たようなもので、二人でいると、いつも話すことがなくなり、気詰まりになる。

「おまん、酒を断っとるのか？」

「へい、一切口に致しておりません」

「嫌いではないのだろ？」

「へい。でも、飲みません」

「堅いな」

「酒乱の七之助……そんな言い方は、二度とされたくねェもんで」

「失くした信用を取り戻す気だな」

「へい、そんなところですら」

「ふーん」

また話が途絶えた。

(もう、黙っといた方がええな。無理に話すことはねェんだ。七之助も俺の詰まらねェ話に、相槌《あいづち》打つのは嫌だろうからな)

辰蔵や大久保四郎九郎は饒舌だし、話の内容も面白い。平八郎や善四郎は、話はまったく面白くないが、一人でずっと喋っている。

（俺は、お喋りな奴との相性がええのかな？　相手が喋ってくれると、俺ァ相槌打つだけでええから楽だわ。ああ、でも綾女殿は……）

綾女は無口な女だった。もし茂兵衛が綾女と夫婦になっていたら、夫婦仲は上手くいったのだろうか。お互い話すこともなくなり、かなり陰気な家庭になっていたのかも知れない。その点、寿美はよく喋るし、よく笑う。話も面白い。どちらかと言えば辰蔵や大久保に近い。

（俺ァ、寿美と夫婦になってよかったのかもな）

正直、綾女への未練は今も少しだけ残っている。綾女が住む椿塚の近くを通れば、胸が騒《ざわ》めいた。ただ、寿美との結婚を後悔することは毫《ごう》もない。二人の女を同時に愛するほど器用ではないから、生涯、寿美一人を愛《いつく》しんで暮らすことになるのだろう。

（ま、口下手な上にこの面《つら》じゃ、艶福家《えんぷくか》を気取るわけにもいかねェからなァ）

「旦那様」

「あ？」

背後から七之助が声をかけた。

「ほれ、西の空」

と、小者が指さす彼方《かなた》を見れば──大きな虹だ。

二

徳川方が押さえる高天神城《たかてんじんじょう》は、遠江《とおとうみ》東部の要衝である。

大井川《おおいがわ》の西には、比高が二町（約二百十八メートル）ほどの山並みが南北にうねうねと連なっており、しかも森が深かった。仮に、駿河《するが》から武田勢が侵攻してくるとして、大軍が進める通路は限られていた。掛川城《かけがわじょう》周辺の盆地か、高天神城南方の海沿いを通るしかない。掛川、高天神の両城が睨みを利かせている限り、徳川にとって、東方への備えは万全と言えた。

天正二年（一五七四）五月、武田勝頼は兵二万五千を率いて大井川を渡り、徳川領遠江への侵攻を開始した。

昨年四月の謎の撤退から一年余、巷間《こうかん》囁かれる信玄死亡説、武田家衰弱説への勝頼なりの回答である。ここで手をこまねいていると、周辺の諸家から鼎《かなえ》の軽重を問われかねない。足元を見透かされないためにも、勝頼は大きな戦果を欲しているのだろう。

立ちはだかる掛川城、高天神城のうち、勝頼は小笠原信興《おがさわらのぶおき》が城兵千名とともに籠る高天神城に狙いを定めた。

小笠原信興は、四十代半ばの農夫然とした好漢である。本貫《ほんがん》こそ信濃《しなの》だが、長く今川氏に仕え、遠江国衆《くにしゅう》として人望が厚かった。浅井《あさい》、朝倉《あさくら》との姉川戦《あねがわのいくさ》でも第二陣の指揮官を務めたほどだ。

五月十二日、高天神城は武田勢により包囲された。信興を中心に結束する城兵は勇戦するも多勢に無勢、曲輪《くるわ》は一つ、又一つと落ちていく。信興は浜松《はままつ》の家康に援軍を求めた。

もし高天神城が武田方の手に落ちれば、家康の遠江支配は揺らぎかねない。それほどの重要拠点だから、浜松からの援軍を信興は確信していただろうし、家康にもその気はあったはずだ。

しかし、用意周到な勝頼は、例によって秋山虎繁《あきやまとらしげ》の別動隊を伊那谷《いなだに》から東三河《ひがしみかわ》へと侵攻させていた。牽制された家康は、軽々に浜松城を留守にできなくなったのだ。高天神城への援軍を送る機会がなかなか訪れない。

「信玄が死んでも、やっぱし武田は強ェら」

「や、実はまだ信玄は死んでねェ。患《わずら》っちゃおるが、甲府《こうふ》から勝頼に指示を出してると聞いたがね」

「高天神城、なんとか救われねェとな」

浜松城内の徳川衆は誰も、臍《ほぞ》を嚙《か》み、焦燥感《しょうそうかん》を募《つの》らせていた。

問題は、軍事的な危機ばかりではなかった。今や政治的にも危機なのだ。

一昨年、三方ヶ原での家康は、家中の士気と遠江での求心力を優先させ、信長が指示する籠城策を退《しりぞ》けて出陣し、野戦《のいくさ》で大敗した。

織田の援軍も平手汎秀《ひらてひろひで》以下多くの討死を出したのだ。

その結果、今現在、信長の家康に対する信用は地に墜ちている。

事実、ある家臣に宛てた手紙の中には「(家康の) 三方ヶ原でのていたらくを見れば」などと、厳しい言葉が散見された。

今回も、重臣《おとな》の佐久間信盛《さくまのぶもり》を通じ「高天神城への、無謀な援軍派遣は控えるように」と言ってきている。織田と徳川の同盟は対等であるはずだが、これではほとんど命令である。もし家康が、高天神城への援軍を強行し、首尾が悪いと、信長は家康を切り捨てかねない。家康にとっては、同盟者信長の信頼を取り戻すことが喫緊《きっきん》の課題と言えた。

「ま、信長に媚《こび》を売るのもええですが、高天神城だけは話が別じゃ」

本多平八郎が軍議の席で声を荒らげた。

「小笠原与八郎《よはちろう》（信興）は骨のある漢《おとこ》よ。遠江衆の間での人望は格別じゃ。それを見捨てるなどありえんがね」

「平八、ようゆうた。高天神を見捨てれば、遠江衆らは雪崩《なだれ》をうって武田側に寝返りましょうぞ」

馬廻衆の日下部兵右衛門が同調した。

「ほうだら。忠義の小笠原に、援軍すら送らぬ徳川など、頼り甲斐がないからのう。武田の方がよっぽど義に篤く……」

「平八、殿の御前である。慎め！」

筆頭家老の酒井忠次が怒鳴りつけた。

上座に席を占める家康は、爪を嚙みつつ、平八郎を三白眼で睨みつけている。

平八郎は不敵な笑みを浮かべつつ家康に平伏し、口を閉じた。

「これは、失敬」

日下部らの馬廻衆や、榊原康政らの旗本先手役は、こぞって平八郎の意見を支持した。

今年三十二歳の家康の取り巻きたちである——当然、皆、若い。

物事を俯瞰して眺める習慣がないから、どうしても目先の「信長は殿を家来扱いしとる」「傲慢な信長は嫌いじゃ」との気分が先に立つ。情緒的かつ衝動的な発言となってしまうのだ。

最側近たちの考えは、敬愛する主人の考えに近い、または等しいはずだ。となると、家康自身の考えが、意外に情緒的かつ衝動的なのであろうか。

否、そうではない。

家康は、取り巻きに迎合を求めてはいなかった。

日下部や平八郎たちは、それぞれ確固たる意見を表明したし、ときに家康に対しても堂々と反論した。家康自身がそれを許し、望んでいたからだ。徳川の軍議が、かなりの喧嘩腰となる所以《ゆえん》である。酒井や石川数正《いしかわかずまさ》を含めて、家康は己が周囲に議論が多いことを望んだ。すべてを聞いた上で、自分が判断すればよい。これは彼の、己が直感力への自信の表れでもあった。

「では左衛門尉、おまんの存念を述べよ」

家康が、酒井に向きなおった。

「まず、高天神に援軍を送るべきだと思う方々に伺いたい。目下の我が徳川の敵は誰か？」

「信長贔屓《びいき》の家老だら」

と、誰かが酒井をからかい、若い声が一斉に笑った。

「たァけ！　左衛門尉は我が股肱《ここう》である。無礼は許さん」

家康が一喝し、とりあえず場は収まった。

酒井は自らの気持ちを静めるように口をすぼめ、一度大きく息を吐いてから発言を再開した。

「申すまでもなく武田勝頼でござる。武田の版図は現在、甲信《こうしん》二国に駿河一国、さらに関東の一部を含め、都合百四十五万石ほど。三万六千人からの兵を動かす大国にござる」

一方の徳川は三河遠江の六十一万石で、総動員兵力は一万五千ほど——とても単独では武田に対抗しえないと酒井は説いた。

「では、誰を頼るか？　頼るべきは誰か？」

「左衛門尉様の話はまどろっこしい」

珍しく、小平太《こへいた》こと榊原康政が焦《じ》れて反論した。

「織田を頼るのはええですら。それが我が徳川の現状じゃ。頼るのはええが、なにも土下座までせんでもよかろう。そういう話ですがね」

一斉に「そうじゃ」「ほうだら」との声が沸き上がった。

「我らにとって虎の子の高天神、それを援護したからと織田が不満を言うとは拙者にはどうしても思えんのです」

「ならば小平太、その援軍は幾人出す？」

酒井が畳みかけた。

「ざっと、一万」

「三河には秋山虎繁が侵入しとるぞ？　高天神に一万を割《さ》けば、残りは五千。わずか五千の兵で三河を守り切れるのか？」

「ふん、ならば七千五百でええですら」

横から平八郎が不躾に割って入った。

「秋山隊は精々三千かそこいら、倍以上の人数で備えれば不安はない」

「守りはよいとして、二万五千の武田勢に七千五百で挑むのか？」

「敵は高天神城を囲んどる。背後から我らが襲い掛かれば挟撃の格好となる。援軍の姿を見れば城兵たちも奮い立とう。十分、戦《いくさ》になり申す」

「七千五百を送ったとして」

唐突に、家康が議論に介入した。家臣たちは口を閉じ、一斉に主人の発言に注目した。軍議において、家康は家臣団の議論を黙って辛抱強く聞く性質《たち》だ。彼が皆を抑えて発言するときは、議論を踏まえた上で己が方針をすでに決したことを意味していた。

「問題は、織田にそれがどう映るかじゃ。弾正忠《だんじようのちゆう》様は猜疑心《さいぎしん》がお強いぞ？　高天神に持ち駒の半分を投入した家康は、こりずに三方ヶ原を繰り返すつもりか？　そう受け取られることをワシは最も恐れる」

家康は、褥《しとね》からゆっくり立ち上がった。

「一昨年の暮れ、ワシは籠城せよとの弾正忠様の助言を無視し、領国内の士気を優先させ、信玄に野戦を挑んだ。それができたのは『織田は今、徳川を切れんだろう』との読みがあったからじゃ」

家康は居並ぶ重臣たちの中央に進んだ。皆が主人を仰ぎ見た。家康は、小腰を屈《かが》め、周囲を見回し、声を潜めた。

「織田の出方次第では、武田方に寝返る。そういう選択もなくはなかったのだ」

一同から低いどよめきが起こった。

往時の信玄なら、必ず家康を受け入れただろう。武田と徳川が組めば、版図は二百万石を超え、総動員兵力は五万を超える。信長包囲網との戦に兵力を割かれる信長だ、武田徳川連合軍に対して出せる兵士は、精々三万――信玄は、満面の笑みで家康を抱きしめ「我が倅よ」と呼んだはずだ。

それが分かっているから「信長は徳川を切れない」と家康は見切り、信長の言葉を無視したのだ。

「しかし、今はどうじゃ？」

家康は、両手を広げ、おどけたような表情を見せた。

「状況は大きく変わったぞ。信玄は死に、武田に昔日《せきじつ》の力はない。去年を思い出せ。長篠城《ながしのじょう》も亀山城《かめやまじょう》も易々と手に入ったではないか！　最早、三方ヶ原の頃の武田とは違うのじゃ」

一方で、昨年八月には浅井、朝倉が相次いで滅ぼされ、信長包囲網は破綻を見せ始めている。今の徳川に、旭日の勢いの織田を裏切り、落日の武田に寝返る選択肢はない。そのことを信長はよく分かっているはずだ。そう見切った上で「援軍は出すな」と高飛車に命じてきているのだ。

「それでも、七千五百で高天神に突っかけるか？　お？　平八はどうじゃ？　小平太はどうじゃ？」

若い二人は押し黙った。

今年の元旦、岐阜城《ぎふじょう》での宴の席で、信長は、浅井父子と朝倉義景《よしかげ》の頭骨を箔《はく》濃《だみ》とし、それを眺めながら上機嫌で酒を振る舞ったという。箔濃とは人の髑髏《どくろ》を漆で塗りかため、さらに金泥《きんでい》や金箔《きんぱく》で飾った装飾品を指す。

「ワシは正直……信長という男が、怖い」

家康が、ボソリと呟いた。

誰もが床に目を落とし、口をつぐんだ。

「……」

三

家康の意を受けた酒井忠次は、天正二年（一五七四）の六月三日、浜松城を発《た》って岐阜へと向かった。用向きは援軍の要請である。

信長も、高天神城の戦略的価値は十分に理解している。

家康に、援軍を出すなと命じたのも、決して「不要だから見捨てよ」と言っているわけではない。

「単独で出るな」「俺の来援を待て」と、言っているに過ぎない。

ならば「早う来て下され」とせっつく分には問題なかろう。

高天神城が囲まれたのは五月十二日だ。小笠原信興は、二万五千の武田勢を相手に、もう一月《ひとつき》近くも頑張っている。一刻も猶予はならない。早ければ早いほどいい。

用意周到な酒井は、佐久間信盛と滝川一益《たきがわかずます》に書状を送り、あらかじめ信長への根回しを依頼しておいた。

六月五日、酒井は岐阜に到着した。浜松から岐阜まで三十八里（約百五十二キロ）はある。その距離をわずか二日で踏破したのだ。酒井の意気込みと必死さが伝わる。彼は岐阜到着早々、信長に謁見し、縷々《るる》戦況を説明、早期の援軍派遣を要請した。

「左衛門尉の申し様、もっともである。準備ができ次第に岐阜を発つと、三河《みかわの》守《かみ》殿にお伝えせよ」

「ははッ」

と、酒井は安堵して平伏したが、その後の信長の動きは鈍かった。

同十四日、信長は三万の兵を率いて岐阜を発った。酒井の援軍依頼から九日が経過していた。

同十七日夕刻、家康は嫡子信康を伴い、信長を、酒井の居城でもある東三河吉《よし》田城《だじょう》で出迎えた。

家康は、辞を低くして信長をもてなし、来援が遅れたことへの恨みがましさなど微塵《みじん》も見せなかった。信長は信長で、三方ヶ原戦での不始末を咎めることもなく、表面上は機嫌よく振る舞っていた。

家康は、吉田城に全軍を率いてきたわけではない。どうせ主戦場は、高天神城のある東遠江となるのだ。主力は浜松城に残してきた。

ただし、東三河には秋山虎繁隊が侵入しており、馬廻衆だけを連れて移動するのも危険だ。家康は、旗本先手役の平八郎隊、榊原康政隊に加え、先手鉄砲組と同弓組を一隊ずつ同道している。

松平善四郎が率いる先手弓組も、浜松城から吉田城までの十里（約四十キロ）を、騎馬隊に遅れぬよう必死に駆けてきたのだ。

「ふん。相変わらず、尾張《おわり》衆の甲冑は煌《きら》びやかだのう」

と、辰蔵が夕餉《ゆうげ》の支度を始めた織田勢を横目で睨みつつ、足元に唾を吐いた。

梅雨《つゆ》の晴れ間、暑い時季だ。尾張衆も三河衆も、吉田城下を流れる豊川《とよかわ》の水で心行くまで喉を潤し、その後、夕食用の米を煮炊きしていた。

「ま、俺らを助けに来てくれた仲間だら。そう僻むな」

三十郎が米を炊くのを見ながら、茂兵衛が辰蔵を窘《たしな》めた。

尾張衆の甲冑は、縅《おどし》の色からして派手であった。

赤、白、緑、青、紫と多彩だ。色とりどりの縅糸が、黒や赤の漆をかけた板札《いたざね》によく映えていた。兜の前立や吹き返しの金具などにも金銀がふんだんに使われ、地味な装束の三河衆からすれば、尾張衆はまるで「天兵が舞い降りた」ようにも見えた。

なにしろ、双方の国力が違う。

元亀《げんき》元年（一五七〇）の姉川戦の頃、信長の領土は尾張五十二万石を本貫とし、美濃《みの》五十八万石、伊勢《いせ》五十七万石、志摩《しま》二万石、大和《やまと》南部で七万石、和泉《いずみ》十四万石、若狭《わかさ》九万石、近江《おうみ》南部四十四万石などなど――総計二百四十三万石であった。

昨年には、越前《えちぜん》一国と加賀《かが》の南部を合わせた八十七万石の朝倉領と、北近江三十九万石の浅井領を加えたから、それだけでも三百六十九万石になった。さらには、屈服し、傘下に入った松永久秀《まつながひさひで》領なども加えると、総計は四百万石近くにまで膨れ上がっている。

対する徳川領は、既述のように三河遠江の六十一万石のみ。当主の力量の差が、家来たちの甲冑にも如実に反映される次第だ。

ちなみに、今回の出征から茂兵衛の甲冑は新品同様である。

新品ではないが、見かけ上はほとんど新品となった。

「あんな甲冑を夫に着せていると、女房が笑われまする」

鹵獲品《ろかくひん》丸出しで、兜と具足の色が違うのを寿美が嫌ったのだ。さりとて茂兵衛にも、辰蔵と丑松が、貧乏な自分のために苦労して手に入れてくれた甲冑への愛着がある。夫婦は話し合って、甲冑師に頼ることにした。

桃形兜《ももなり》と桶側胴《おけがわどう》を黒漆で塗り揃え、当世袖と草摺は新しい赤糸で縅す。兜の錣《しころ》も黒地に赤糸縅で統一感を出した。面頬と喉垂、佩楯《はいだて》も新調し、防御力も格段に向上した。

「でもよォ」

青菜を刻んで入れた塩粥をすすりながら、辰蔵が茂兵衛に声を絞って言った。

「清洲《きよす》で同盟を始めた頃には、殿様と信長は対等だったんだ。今では偉い差がついちまって……まるで徳川は織田の家来だら」

「ま、有体《ありてい》に言えばそうだら。なにせ乱世は、強い者勝ちよ」

「でもね」

日頃は無口なもう一人の足軽小頭である服部宗助が箸を置き、珍しく話に介入した。

「尾張衆は、我ら三河衆を恐れとるって話も聞きますら」

「恐れるって、なんだい？」

尾張衆の羽振りのよさに嫉妬していた辰蔵が、思わず身を乗り出す。

「国力の差はそれぞれあるが、各国百人なり千人なりを出し、同じ条件で戦をすれば、日本で一番強いのは武田勢で、その次が三河武士だそうです」

「ほうか」

「ほうかい」

茂兵衛と辰蔵、思わず笑顔になった。

「その次が同格で、越後《えちご》の上杉《うえすぎ》と滅びちまったが越前朝倉衆……尾張衆は、全然駄目みたいですら。これ、ワシの考えではねェですよ。当の尾張の知り合いから聞いた話ですがね」

どうやら手前味噌な話ではなさそうだ。

武田武士が精強なのは誰でも知っている。戦国最強との呼び声も高い。その武田勢と長年五分に渡り合い国を守ってきたのが三河衆だ。四年前の姉川戦では、朝倉勢一万を半分の五千で壊滅させ、さらには劣勢だった織田勢を助けるほどの働きを示した。

「ずっと信玄を相手にしてきたから目立たなかっただけで、他所《よそ》へ持っていけばかなり強いと分かったそうな」

「その尾張の知り合いというお方は、戦ってものをよく分かっていなさる。さぞや名のある侍大将なのだろうなァ」

嬉しくなった茂兵衛が服部に質《ただ》した。

「や、ま、ただの足軽ですけどね」

「あ、そう」

少しだけ、力が抜けた。

翌々日の六月十九日未明、織田徳川の連合軍は、本多平八郎が率いる旗本先手役を先頭に、浜松へ向け吉田城を発った。

一里（約四キロ）も進んだ頃、前方の朝靄《あさもや》の中から馬の蹄の音がして、黒々と

「五」の一文字を描いた幟が姿を現した。徳川の使番《つかいばん》である。

「申し上げます。高天神城主小笠原信興様、武田勝頼に昨日降伏。城を明け渡した由にございます」

「な、なんと！」

家康は、馬からずり落ちそうになり、日下部兵右衛門らの馬廻衆が馬を寄せ、かろうじて支えた。

進軍を止め、その場で信長を囲んでの軍議となった。

「三河殿の兵力は一万五千。だが、小癪《こしゃく》な秋山虎繁にも備えねばならんな？」

上座の信長が扇子で家康を指した。秋山隊は三河や美濃に出没する陽動部隊である。

「御意」

「使えるのは精々一万か。ワシが率いるのが三万で、都合四万。この人数で、二万五千の勝頼が守る高天神城を奪還するのは……三河殿、いかが思われる？」

「いささか、難しいのかと」

諦めたように家康が頭《こうべ》を垂れた。

「されば是非もなし。岐阜へ戻る」

と、一声高く叫び、信長は床几《しょうぎ》を蹴って立ち上がった。

「弾正忠様」

信長の娘婿である岡崎三郎《おかざきさぶろう》信康が進み出て、岳父を呼び止めた。

「うん？」

「信康に思案あり」

「申してみよ」

「その秋山虎繁を徳川の総力を挙げて捕らえ、首を刎《は》ねるのはいかがかと？」

「なぜ？」

「三河守は高天神を失ったが、代わりに勝頼の重臣を成敗した。これで双方痛み分けとなりましょう。徳川は面目を保てまする」

信長は娘婿を睨みつけ、その後、家康に顔を向けた。

「三河殿は？」

「一つの策にはございまするが、秋山は逃げ足の速い男。捕らえそこなえば恥の上塗り」

「で、あるそうな。ワシもテテ御と同意見じゃ」

「さ、されど！」

「信康！」

家康が厳しい口調で、なおも喰いさがろうとする息子を制した。

家康の剣幕に座が静まる。やがて、信長が言葉を継いだ。

「信康殿、案ずることはない。勝頼の命運はすでに尽きておる。ワシには分かる。今しばらく待て。さすれば時がテテ御の憂いを晴らしてくれようぞ。よいな」

「ははッ」

十六歳の若武者が不満げに頭《こうべ》を垂れた。

浜松城への帰途、家康は大層苛ついていた。

夏蟬の声がジワジワ、ミンミンと、高天神城を失った家康を非難しているようにも聞こえる。

騎馬隊に鉄砲組と弓組、馬廻衆以外は、すべて旗本先手役のみを連れてきている。誰もが家康直属で身内同然だから、家康は、信長や小笠原信興への不信や不満を隠そうともしなかった。

家康の不機嫌を気遣い、本多平八郎と榊原康政、松平善四郎らが馬を寄せ、行軍しながらの軍議となっていた。「義兄《あにじゃ》も来い」と善四郎に乞われた茂兵衛も、一座の後方で馬を進めた。

「小笠原の奴、どうして、あと数日の辛抱ができぬのか！　四万の援軍が明日、明後日にも後詰めしようというに！」

「そりゃ、城に籠っておれば、援軍が来ていることは知らんでしょう」

「ふん、平八は随分と小笠原贔屓だな。なんぞ若い頃にあったのか？」

家康が平八郎を見て嘲笑した。衆道《しゅどう》の関係を匂わせ、からかったのだ。

ま、茂兵衛の知る限り、平八郎に「その気《け》」はないし、家康もそのことはよく知っているはずだ。不機嫌に任せて、有能で忠誠心の篤い部下に言うべき冗談ではない。日頃は強靭な理性と知性で封じ込めてはいるが、今回のような緊急時には、家康の持つ宿痾《しゅくあ》――人としての器の小ささ――が、ほの見えてしまう。

「もし、勝頼がこのまま西へ進み、浜松城を窺うようならば、いかがされます？　織田の援軍は帰ってしまったし、ワシらだけで迎え撃つことになりますするぞ」

平八郎は、不機嫌な主人の八つ当たりなど意に介さぬ風で、淡々と議論を前に進めた。

(ハハ、さすがは平八郎様だら。よう家康公《とのさま》を知っておられる)

後方で聞いていた茂兵衛は、内心で苦笑した。

「それはあるまい。勝頼は退く」

鞍上の家康が、平八郎に振り向き、今度はちゃんと目を見て真面目に答えた。最前の戯言《ざれごと》を「拙《まず》かった」と気づいているのだ。今はもう、日頃の自制心の利いた家康に戻っている。

「なぜ、そう言い切れまするか？」

「六月だからよ。夏場の長陣《ながじん》に、武田衆は耐えられん」

「なるほど」

旧暦の六月十九日は、新暦に直せば七月七日に当たる。まさに、農繁期だ。

織田徳川軍の強さの秘密は、常備軍の整備にある。

国衆や地侍の次男以下を直臣として大量に召し抱え、直属の職業軍人として城下に住まわせたのだ。彼らは農作業から解放されており、夏場の農繁期にも出撃可能であった。信長は敵が農民兵を集めにくい夏場を狙って戦をしかけ、幾多の勝利をものにしてきた。姉川戦がその典型だ。

しかし、甲斐《かい》信濃は未だ中世的な価値観の中にある。家康が武田領に多数放っている乱破《らっぱ》、素破《すっぱ》からの情報でも、勝頼が大きな軍制改革に着手した兆候は見えない。

「今回の武田勢は二万五千……勝頼め、よほど無理をして兵を集めたはずじゃ。高天神城を取り、一応の戦果を出した今、まずは農民兵を在所に帰すことを考えるはずじゃ」

――だから、勝頼は退く。

そう家康は説いた。

「拙者は、今回の弾正忠様のお振る舞いに不信の念を抱かされました」

善四郎が議論に割って入った。

「身内だけのときは、信長でええ」

と、榊原康政が、不機嫌そうな声で善四郎を窘めた。

榊原は、今も「鍋」「小平太」と呼び合う平八郎の幼馴染である。学問があり、文章も字も巧いが、それ以外は平八郎となに一つ変わらない。頑固一徹、忠義専一の三河者だ。信長嫌いなところまで平八郎と同じである。

「信長は、本当に助太刀する気があったのでしょうか？」

「ほうだら。それはワシも感じたがね」

平八郎が同調した。

「左衛門尉様が援軍を要請したのが五日。ところが信長が岐阜を発ったのは九日後の十四日にございます。いかにも、のんびりし過ぎておりまする」

「うん。殿への義理で、嫌々出陣したようにも見えるのう。高天神が落ちて、むしろホッとしとったのかも知れん」

善四郎の分析に平八郎が追従した。

「や、それはない」

家康が前を向いたまま反論した。

「そもそも、あの信長が、ワシなどに義理を感じるタマか？」

一同が小さく笑った。

「十四日に岐阜を発ち、吉田に入ったのは十七日じゃ。四日で三十里（約百二十キロ）。日に七里半（約三十キロ）、梅雨の蒸し暑さの中、兵三万を率いての七里半じゃぞ？」

戦国期の行軍速度は、日に五里（約二十キロ）が通常であった。

「この強行軍、嫌々出張ってきた軍勢には、とてもできぬ芸当だと思う」

「た、確かに」

信長は、あわよくばこの機会に、勝頼に引導を渡すつもりだったのだろう。少なくとも今回に関しては、本気だったのだ。小笠原が降伏などしなければ、今も東へ軍を進めていたはず、と家康は説明した。

一応は、一同それで納得したのだが、平八郎や善四郎が示した信長への不信感は、多くの三河衆に共通した気分であるのも事実なのだ。

片や信長も、家康の三方ヶ原戦での振る舞いに不信感を募らせており、互いの肚に秘めた相手への疑念が、かつては強固だった清洲同盟（織田徳川同盟）に暗い影を落としていた。

今しがた通り過ぎた樫の幹で、夏蟬がけたたましく鳴き始めた。物思いに沈んでいた茂兵衛は不意をつかれ、思わず馬上で「うッ」と呻《うめ》き声を上げた。

四

家康の予測は当たった。

勝頼は高天神城に城代を残し、大軍を率い駿河へと引き揚げていったのだ。夏の間、遠江は平穏だった。

その間、甲府に戻った勝頼は、政治的に動いていた。

降将の小笠原信興を許し、傘下に加えた上で、駿河東部に領地まで与えた。大変な厚遇だ。

不可解なことに、この話を遠江各地に広めているのは、駿河から流れてきた行商人たちであるという。

「勝頼公は度量が大きい。戦場であっぱれな働きをすれば、敵将でもこれを許し所領まで与える」

「あの信玄公さえ落とせなんだ難攻不落の高天神城を、勝頼様は、わずか一月《ひとつき》と六日で落とされた」

「対する三河様はどうじゃ？　高天神城を見殺しにし、信長の顔色を窺ってばかりおる。武田と徳川……仕えるべき御大将は勝頼公しかおるまい！」

明らかに勝頼は、情報戦を仕掛けていた。

確たる証拠があるわけではないが、行商人たちの多くは勝頼の意を受けた武田の隠密であったはずだ。

しかも、嘘を吹聴しているわけではない。すべてに事実の裏付けがある。家康は遠江の領民や国衆、地侍たちの離反を恐れた。

九月に入ると、勝頼は手に入れた高天神城を拠点として、東遠江内で暴れ始めた。徳川側の集落を足軽の少部隊に襲わせ、放火や略奪を繰り返したのだ。雑兵たちは収穫の近い稲穂に、無慈悲に火を放った。農村は怨嗟《えんさ》の声で溢れた。

勝頼の目的は明確だった。家康の権威の失墜である。三方ヶ原で惨敗を喫した家康、高天神城を見捨てた家康、己が領民すら守れぬ家康像を喧伝することで、人心の離反を画策しているのだ。

家康も手をこまねいていたわけではない。遠江防衛の前線拠点である掛川城に兵を入れ、高天神城を牽制はしているのだが、勝頼は断続的に、あちこちで小規模な攻撃を繰り返した。

九月七日、天竜川《てんりゅうがわ》の東岸に忽然と八千余の大軍が出現した。勝頼麾下《きか》の武田勢である。

かつて茂兵衛らが籠った二俣城《ふたまたじょう》は、未だ武田の支配下にある。おそらく勝頼は青崩峠《あおくずれとうげ》から遠江に侵入、二俣城を経て、密かに南下してきたものと思われた。

高天神城や東遠江にばかり気を取られていると、北方から攻めてくる――勝頼は、神出鬼没だ。

家康は、浜松城兵五千を率いて出撃、天竜川西岸に布陣した。大河を水濠とし、勝頼の渡河を阻止する構えである。

長雨の時季なので、天竜川の水量は多い。渡渉点は限られてくる。家康は幾つかある浅瀬に手厚く兵を配した。天竜川を挟んでの睨み合いが続いた。

家康は浜松城に、わずか千人の将兵しか残していない。浜松城は広大だ。自然、大手門や搦手門《からめてもん》、隅櫓《すみやぐら》などに重点を置く守備となっていた。

北に向いた浜松城の搦手門である玄黙口《げんもくぐち》の矢倉上には、鉄砲組や弓組が数多《あまた》配置されたが、その中に茂兵衛の姿があった。

「勝頼はなぜ、天竜の東岸に布陣したのだろうか?」

浜松城の城下町である曳馬宿《ひくまじゅく》を見下ろす矢倉の上で、善四郎が茂兵衛に訊ねた。

折角、隠密行動でここまで南下してきたのだから、あらかじめ天竜川を渡り、西岸に布陣していれば、敵を前にして渡河する危険を冒さずにすんだはず、と善四郎は考えたのだ。

「確かに。ただそれでは、いきなり背水の陣となりまする。現下の勝頼の目的は遠江内での人心の攪乱《かくらん》……一か八かの決戦を挑むつもりは、当面ないのでございましょう」

茂兵衛が答えた。

「では、このまま川を挟んで睨み合うだけか？　勝頼にどんな得がある？」

「そこが妙ですな。今は雨の多い季節、天竜川の水位が下がることは考えにくい。こうして殿様が西岸で睨みを利かせている限り、渡河は不可能かと」

と、首を傾《かし》げた茂兵衛だったが、勝頼の狙いはすぐに判明した。

睨み合いが六日目となった九月十二日の夜、城下曳馬宿のあちこちから火の手が上がった。夜襲である。夜陰に乗じ、城下へと紛れ込んだ敵の足軽隊による放火や略奪が続いた。浜松の領民を痛めつけるのが、勝頼の狙いだったのだ。

ただ、足軽隊の数は高が知れている。

家康本隊が引き返せば曳馬宿は容易に救えよう。しかし、そうなれば勝頼本隊が渡河を試みるだろう。一旦渡渉を許せば、勝頼の大軍は家康軍の尻に嚙みついてくるはずだ。家康は天竜川西岸から動けない。

「門を閉じよ。警戒を怠るな」

との命が城番《しろばん》から下った。浜松城内の兵力は少ない。城下町の救援に人は割けない。つまり「曳馬宿は敵の蹂躙《じゅうりん》に任せる」ということだ。

茂兵衛は矢倉の上から北東の方角を窺った。

椿塚のある曳馬宿元浜《もとはま》は、城から六町（約六百五十四メートル）北東にある。

（も、燃えとるら）

ちょうど綾女の庵《いおり》がある辺りにも火の手が見える。茂兵衛は、居ても立っても
いられなくなった。

「お頭」

と、善四郎に向き直った。

「暫時《しばらく》、持ち場を離れることをお許し下され」

「どこへ参る？」

「曳馬宿へ、知り合いの安否を確かめに参りとうござる」

「知り合いとは誰か？」

「……」

善四郎は妻の弟である。

「ふ、古い知り合いにござる」

茂兵衛は、しどろもどろになりながら答えた。

今日の茂兵衛は、面頬を着けている。義弟も同じだ。二人はしばらく仮面越しに睨み合った。

「では、こうしよう。植田茂兵衛に曳馬宿への物見を申しつける」

「あ、有難うございまする」

善四郎の好意であった。

戦時に、私用で持ち場を離れることなど許されないが、指揮官の命令による物見であれば、後日、譴責《けんせき》を受けることもないだろう。

ただ、茂兵衛が安否を確かめに行くのは、彼が憎からず思う女性なのだ。善四郎の好意を踏みにじる行いと言える。曳馬宿へ向けて坂道を駆け下りながら、茂兵衛は、寿美と善四郎の姉弟に対し、若干の後ろめたさを感じていた。

幸い綾女の庵は、延焼を免れていた。

（よ、よかった）

一応、安堵はしたのだが――庵の佇まいに妙な違和感を覚えた。

（ん？）

不用心に開いたままになっている板戸から、屋内を覗いた。

足軽装束の三人の男が、何かに覆いかぶさっている。

男の体の下から、白く細い女の脛《はぎ》が覗いた。

「く、糞がッ！」

思わず面頬の中で叫ぶと、己が声が兜の中に反響した。

（こ、殺したる！）

一体自分のどこに、ここまでの怒りと敵愾心《てきがいしん》が潜んでいたのか、茂兵衛は自分自身に驚かされた。植田村での喧嘩や、戦場で敵と相対したときのそれとは質的にも量的にも異次元の感情だ。ただただ、相手を痛めつけ、長く苦しませ、生き地獄を見せてやりたい。ほとんど悪鬼の心情である。

気づけば、すでに庵の中にいて、今、綾女を犯している足軽の後頭部、盆《ぼん》の窪《くぼ》の辺りに笹刃の槍を深々と突き刺していた。

「ぐえッ」

穂先は足軽の口から飛び出し、男は夥《おびただ》しい鮮血を吐きながら、綾女の上へと突っ伏した。

綾女の腕を押さえていた両脇の二人が立ち上がった。具足下衣《ぐそくしたい》は、袴の股座《またぐら》が縫い合わされていない。深く襞《ひだ》をとってあるだけだから、袴を脱がずとも用をたせるし、女も犯せる。

一人は床に転がった槍を拾おうとした。狭い室内で一間半（約二・七メートル）の槍を拾ってどう使うつもりだろう。兵《つわもの》の心得としては頂けない。茂兵衛の配下なら怒鳴りつけているところだ。勿論、茂兵衛は早々と槍を捨て、腰の打刀を抜いていた。

刀の扱いは不得意だが、それなりに鍛錬を積んでいる。

槍を手にした足軽が顔を上げたところを横に薙《な》いだ。

「があッ」

顔の上半分と下半分がすこしずれた。返す刀で、喉を斬り裂いてやった。

ガンッ。

物凄い衝撃を受けた。右肩だ。

振り向かなくても分かる。最後の一人が、背後から刀で袈裟に斬り下げたのだ。刀で兜武者は斬れない――斬れはしないが、相当に痛い。鉄の棒で肩を思い切り殴られた感覚に近い。右腕が完全に痺れている。ただでさえ不得手な刀の扱いに、まったく自信が持てなくなった。

茂兵衛は刀を捨て、圧しかかるようにして相手に抱きつき、そのまま押し倒した。膝で二の腕を押さえ込み、怒りにまかせ、両拳で交互に殴り続けた。足軽の顔の皮膚が破れ、血が噴き出し、肉が変形した。それでも、狭い室内にゴン、ゴンと低く重たい音が響き続けた。

やがて茂兵衛は動きを止めた。

足軽の顔は、ほとんど赤黒い塊と化していた。ピクリとも動かない。どこその血の管が破れたか、首の骨が外れたかしたのだろう。もう二度と彼が動くことはない。

茂兵衛は、殴り殺した足軽の骸《むくろ》から下り、ガチャリと草摺を鳴らして板敷に座った。息が荒い。両の拳が熱を持ち、ジンジンと鈍く痛む。ふと我に返って振り向くと、綾女は壁に向かって座り、衣服を直していた。

「茂兵衛様なのでございましょ？」

と、背中を向けたまま訊いてきた。生気の失せた、死人《しびと》のような声だ。

（そうか、俺ァ面頰を着けとるから顔がわからねェんだ）

「どうして、ここへいらしたのですか！」

「え？」

綾女の声は厳しく、冷たかった。茂兵衛の行動を咎めているようだ。

「今は乱世。このようなことは珍しくもない。天災にでも遭ったと思いなし、すぐに忘れるつもりでおったものを」

ここで綾女が振り向いた。小袖の襟元が足軽の血で黒々と濡れている。

「貴方様に見られた」

板戸が開いており、周辺の火災の炎が室内を薄明るく照らしている。綾女の顔には憎悪の色が浮かんでいた。

「三人の男に手籠めにされている場面を、この世で……」

女は、右手で己が口と鼻を覆った。涙を必死に堪えている。綾女の中で、感情が怒りから悲しみへと移ろったのだ。

「この世で一番、見られたくないお方に見られた。私の人生は……今、終わりましてございます」

綾女は弾かれたように立ち上がり、庵から走り出ようとした。

「綾女殿！」

背中に叫ぶと、女は足を止めた。

「し、死んではならん！」

茂兵衛の言葉に、綾女はゆっくりと振り返った。

「おさらばにございます」

そう悲愴な声を振り絞ると、身を躍らせ、表へ駆け出した。

小袖の裾が割れ、白い太股がむき出しになるのを気にも留めない。まるで狂女か、鬼女のようだ。

茂兵衛は、刀と槍を拾うと、綾女を追って庵から走り出た。

四半町（約二十七メートル）先を走る綾女の背中が見えた。まだ追いつける。後を追おうとしたが、バラバラと四人の武士が茂兵衛の前に立ちふさがった。

「諏訪《すわ》！」

兜武者が茂兵衛に叫んだ。松明《たいまつ》を掲げ持つ三人の足軽を率いている。おそらく〝諏訪〟は武田勢の符丁《あいことば》であろう。返すべき言葉を茂兵衛は知らない。

（糞武田が、こんな時に）

横目で綾女の姿を捜した。もう闇に隠れて見えなかったが、走ればまだ追いつけるはずだ。捜し出せるはずだ。後を追おうとしたが、四人の武田勢にとり囲まれた。

（こいつら、無抵抗の村に火つけるわ、女は犯すわ、その女が死のうってときには邪魔しやがるわ。甲府の糞山猿がァ！）

「おりゃッ」

符丁の下の句の代わりに、一番体の大きな足軽の喉を一気に刺し貫いた。足軽三人は片手に松明を掲げ、槍をもう片方に提げている——数を頼んで油断し、敵に相対する心構えがまるでなっていない。

「て、敵ずら！」

兜武者の声に、残り二人となった足軽は松明を捨て、槍を構えた——が、わずかに遅かった。一人の顔に茂兵衛の穂先がグサリと突き刺さる。間髪を容れずに振り回し、最後の一人の喉を笹刃が横一文字に斬り裂いた。

茂兵衛は、ほんの一息か二息の間に足軽三人を一挙に葬《ほうむ》った。我ながら、ここまで体が動くことも珍しい。怒りと憤りが、自分の中の獣に火をつけたのだ。

兜武者は、尋常の相手でないことに気づき、踵《きびす》を返して逃げ出した。

（逃がすか！）

走る足元に向けて槍を投げた。槍の柄が兜武者の脛《すね》に絡まり、もんどりうって転がる。すかさず跳びかかり、手もなく組み敷いた。

脇差を抜き、兜の忍緒《しのびのお》を耳の下で切り、兜ごと面頬と喉垂を引き剝がした。

「ひッ」

呻いたのは、まだ若い男だ。端正な顔立ちで、どこか善四郎に似ている。

（糞ッ。こりゃあ、殺すと寝覚めが悪かろうなァ）

このまま見逃すことも考えたが、やはり綾女のことがあり、まだ腹の虫は治まっていなかった。

「おまん、名は？」

「も、森源八郎《もりげんぱちろう》！」

「俺の名は、植田茂兵衛だ。死にたくなかったら今覚えろ。さ、言ってみろ！」

「う、植田……茂兵衛……」

「おまんらの総大将に伝えろ。徳川の植田茂兵衛がな、必ずや四郎勝頼の首を貰い受けに参るとな！　ちゃんと伝えろよ！」

「わ、わかった」

茂兵衛は、森源八郎を解放した。

（ま、伝わりゃせんだろうがな、森源八郎にしてみれば、植田茂兵衛に殺されかかったことを白状するようなもんだからなァ）

その後、しばらく綾女を捜したが、見つけることはできなかった。

浜松城玄默口への坂道を上りながら、茂兵衛は武田勝頼に——というよりも、乱世の不条理に対する怒りに身を震わせていた。

（なにが寛大な勝頼公だら！　嘘っぱちだら！　敵の大将に恥をかかせるだけのために村を焼くか？　勝頼だけじゃねェ。お味方の信長だって、あちこちで町や寺を焼いとるがね）

この時代、焼き討ちは、大なり小なりどこの戦国大名も行っていた。

（うちの殿様は、確かに情けねェお人よ。武田を恐れ、信長にビクつき、挙句は家来や領民の顔色まで窺っていなさる。英雄とは程遠いお方だら。でもよ、俺ァ十年仕えたが、ただの一度も「村を焼け」って命じられた覚えはねェ）

皆無とまでは言わない。退却戦で村に火を放って逃げたことはある。しかし、確かに家康は、策として民家の焼き討ちを用いることは少なかった。

これまで茂兵衛は、己が主人の不快なところばかりを見つける自分が嫌だった。

（もう少しええところも探して、家康公のことを好きにならにゃ、家来なんぞやっとれんがね）

そんな風に考えたものだが、今ようやく家康の美点を見出した。

「うちの殿様ァ、あんまり非道なことはなさらねェ。そこがええわ、ハハハ」

茂兵衛の背中を、曳馬宿を燃やす紅蓮《ぐれん》の炎が照らしていた。見上げる浜松城の玄黙口は、堅く閉ざされたままだった。

第三章　長篠城の英雄

一

曳馬宿《ひくまじゅく》の焼き討ちから二十日が経ち、ことは勝頼の思惑通りに進んでいた。

三河《みかわ》本国では兎も角、遠江《とおとうみ》での家康の声望は地に墜ち始めている。

「高天神城《たかてんじんじょう》は見殺しにされたがね。ほりゃあ、小笠原様じゃなくとも武田に寝返るわ」

「居城の目の前で曳馬宿が焼かれとるのに、徳川衆は、誰一人助けにはこなんだそうな」

「三方ヶ原《みかたはら》を見てもよォ。所詮、徳川は、武田の敵ではねェら」

など怨嗟の声は遠江国内に満ち満ちていた。

当初は武田の間者と思しき者たちが風評を広めていたようだが、今では根付きの遠州《えんしゅう》民までもが、堂々と家康を貶《けな》し、蔑《さげす》んでいた。

家康が遠江に侵攻したのは、永禄《えいろく》十一年（一五六八）の暮れである。わずか六年前までは、この地は今川領だったのだ。国衆《くにしゅう》の中には駿府《すんぷ》での家康の惨めな暮らしぶりを覚えている者も多い。当時は冷笑の対象だった「三河の小倅《こせがれ》」が、今は偉そうに「御屋形《おやかた》」を気取っている。その辺の事情も、底流にはあるのかも知れない。

「殿様は、三河衆ばかりを贔屓《ひいき》にされる」

「小笠原様がもし三河衆だったら、殿も援軍を送ったはずじゃ」

「ふん、我ら遠州侍は、徳川にとっては使い捨ての駒よ」

それを表立って口にする者はいないが、酒席などで、冗談めかせて口にする遠江衆がいたりすると、平八郎辺りが激高して暴れるので――浜松城《はままつじょう》内では三河衆と遠江衆との軋轢《あつれき》が生じ始めていた。

これに対し、家康は積極策に出ることにした。

要は戦果である。

そもそも、家康の人気が芳《かんば》しくないのも（信長の意に沿うためとはいえ）消極策を採り過ぎたからに他ならない。積極的に討って出て、戦果さえ挙がれば、遠江衆の不満も抑えられるし、城内の対立も収まるだろう――家康はそう考えていた。

ただ問題は「何処《どこ》を如何《いか》に攻めるか」である。

確実に戦果が期待でき、一方で、それなりに称賛されるほどの相手でなければならない。強過ぎず、弱過ぎず、丁度いい対象を家康は求めた。

長篠城《ながしのじょう》の南西二里半（約十キロ）、吉田城《よしだじょう》から北東三里半（約十四キロ）の奥三河の地に、野田城《のだじょう》という小城がある。豊川《とよかわ》の流れを見下ろす比高六丈（約十八メートル）ほどの小高い丘の上に立つ平山城だ。

元々は菅沼定盈《すがぬまさだみつ》が城主であったが、元亀《げんき》四年（一五七三）の二月、三方ヶ原の余勢をかった武田勢に囲まれ、落城していた。以来、武田の城代が籠り、この地を守っている。

ちなみに、野田城攻めのとき信玄は、金鉱掘りの技術者たちに城の水源を断たせ、城内の井戸を枯らすことに成功、城主菅沼定盈を屈服させた。信玄はこの後、四月十二日に急死するから、野田城攻略は、希代の英雄である武田信玄、人生最後の戦果と言えた。

定盈は、一旦武田勢に捕らわれたが、三月には捕虜交換により解放され、今は家康の元にいる。

家康は、この定盈に兵や鉄砲を与え、城を奪還させようと考えた。

野田城なら小さな平山城であり、力押しが可能だ。また徳川領内に孤立無援の状態で放っておかれているため、城兵の士気は低く、物見や間者の報告によれば秋山虎繁の家来衆が百人ほどで心細げに籠っているに過ぎないという。ここなら短期間で確実に落とせそうだ。

さほどの強敵とも見えない割に、戦略的には大きな意味合いがある。長篠城、作手《つくで》亀山城《かめやまじょう》に続いて野田城までをも取り戻せれば、奥三河から武田の勢力を一掃したことになる。三方ヶ原戦での失地をわずか一年半で挽回したことにもなる。家康の人気は持ち直すだろう。家康はこの策に賭けていた。

天正《てんしょう》二年（一五七四）の十月、茂兵衛は善四郎のお供で、初めて家康の居室に伺候《しこう》することが許された。

家康の直臣になって十年、やっと己が主人の個人的な生活空間へと通された次第である。

とても光栄ではあったが、あまり高揚感は感じられなかった。やはり綾女の一件以来、茂兵衛は抑鬱として元気がない。その後も幾度か、彼女を捜して界隈《かいわい》を巡ったのだが、行方は杳《よう》として知れなかった。

他のことなら、賢く明るい寿美に相談したり、愚痴を聞いて貰ったりもできるが、手も握ったことのない相手とはいえ、かつて求婚し、今も女々しく気にかけている女子《おなご》のことなど妻に話せるはずがない。

善四郎の背後に座って平伏し、緊張して顔を上げた。

家康は「顰《しか》め図」を背にし、ニコニコと上機嫌で座っていた。

顰め図とは、三方ヶ原での敗戦後、家康が「己が短気を戒めるため」として描かせた自画像を指す。もっとも、三方ヶ原での家康は、別に短気を起こして野《の》戦《いくさ》に討って出たわけではない。信玄の策謀と気象条件に足をすくわれたが、作戦行動自体は冷静に、合理的に遂行したつもりである。ではなぜ、家康は顰め図を描かせ、いつも身辺に置いているのか？

平八郎に言わせると「信長向けに、反省の芝居をしておられるのよ」となる。

事実、酒井忠次などが岐阜《ぎふ》に赴いた折には、信長に顰め図の話を繰り返すのが常であった。猜疑心の強い信長に対し、「家康は二度と、無謀な戦いは致しません。ご安心下さい」と伝える――

「これこそが、顰め図を描かせた真相よ」

と、茂兵衛に耳打ちし、平八郎は苦く笑ったものだ。

信長からは「短気で無謀な猪武者」との低評価を受け、反対に領民からは「援軍も出さない消極的で臆病な殿様」と失望されているところに、家康の苦労があった。どちらの評価も、家康の本質からは遠いのだから。

さほどに広くない書院には、家康と太刀持ちの小姓以外に、九人の武士が着座していた。先手鉄砲組の頭が二人と副将格の寄騎が二人、先手弓組頭の善四郎と寄騎の茂兵衛――これで六人。残りの三人のうち、二人とは面識があった。一人は深溝《ふこうず》城主の松平伊忠《まつだいらこれただ》で、もう一人は、なんと、かの乙部八兵衛《おとべはちべえ》である。

十一年前の三河一向一揆の際、伊忠は、熱心な念仏者でありながら家康側に立った。茂兵衛らが籠る野場《のば》城《じょう》攻撃の主将となり、夏目次郎左衛門が率いる城兵と凄惨な戦いを繰り広げたのだ。その次郎左衛門は、過日三方ヶ原に散った。

そして、乙部である。

ひょろりと背が高く、左利きで、そこそこに槍も遣うし弓も巧い。出自もよいのに、飾らない性格で誰からも愛される好漢だ。

ただし、裏切り者である。

コヤツが裏切った所為《せい》で野場城は落ちた。攻め手の伊忠と内応し、野場城の城門を次々と開けて回ったのだ。しかも、一揆終息後には伊忠に取り入り、今は深溝家の重臣《おとな》に収まっていると聞く。

そもそも、初めて会ったとき、茂兵衛は殴られて槍を奪われたのだ。丑松は永楽銭五百文（約五万円）を騙し取られそうになった。

要は、詐欺漢である。

少なくとも茂兵衛はそう確信している。なのに世間から「愉快で面白い男」「話していて楽しい好漢」と評価されているところが、なんとも腹立たしい。

（どいつもこいつも、たァけだら。愉快で楽しいのは、乙部がおまんの財布を狙っとるからだがや）

この裏切り者の詐欺漢と、大層な裃《かみしも》を着込み、主人家康の居室で同席していることに、茂兵衛は軽い眩暈《めまい》を覚えた。

最後の一人が、自ら「菅沼新八郎《しんぱちろう》定盈にござる」と名乗った。元野田城の主《あるじ》にして野田菅沼党の頭領だ。色黒の痩せた小男である。目つきが鋭く、城持ちの国衆というより、古参の足軽小頭あたりにいそうな風貌だ。

家康は、主将の伊忠に先手鉄砲組二隊と善四郎が率いる弓組を付け、野田城奪還を目指す定盈への援軍とすることを一同に告げた。定盈麾下《きか》の野田菅沼党を加えれば、総勢三百五十人ほどの兵力となる。さらには、吉田城の酒井忠次が槍足軽二百を差し向け、野田城外で合流する手筈となっている。総勢五百五十。しかも、鉄砲が六十丁に弓が三十張、飛び道具が矢鱈《やたら》と多く、その割には騎馬武者の数が少ない。攻城戦に特化した最新鋭の打撃部隊と見ていい。家康の力の入れようが伝わった。

家康の御殿からの帰途、榎門《えのきもん》を潜《くぐ》ろうとしたところで声がかかった。

「茂兵衛殿」

「これは、乙部様」

乙部は深溝城に住んでおり、軍制上の配置としては酒井忠次の東三河衆に属している。浜松城に住み、先手弓組に属する茂兵衛とは接点が少なかった。

ただ、野場城以来の再会というわけでもない。一度、父の形見の槍を返してもらいに訪ねて行き、その場で一応の和解は済ませてある。本意ではなかったが、どうしても槍を返してもらいたく、不承不承に仲直りした次第だ。その槍は三方ヶ原の前哨戦で逸失《いっしつ》してしまったが。

「昨年暮れの夏目様の一周忌、や、どうしても外せぬ用があっていけなんだ。残念なことでござった」

「はあ……」

夏目次郎左衛門は、家康の身代わりとなって三方ヶ原に散華《さんげ》した。その一周忌法要は、昨年（天正元年）の師走《しわす》に六栗《むつぐり》で営まれたのだ。勿論、茂兵衛は参列したが、乙部の姿はなかった。

（乙部もさすがに、裏切った夏目様のご家族とは、顔を合わせたくなかったのだろうよ）

「それより、騎乗の身分におなりとか。また、御一門の姫君を娶《めと》られたとか。本当におめでとうございまする。目を見張るほどの御出世にございまするなァ」

「いやいや、乙部様の方こそ、深溝家の重臣として御活躍とか」

煽《おだ》て返してなんとか話を逸らした。

乙部に上手を言われると背中がむず痒くなる。この男だけは、油断がならないのだ。初めて会った御油《ごゆ》の街道でもそうだった。笑顔で寄ってきた乙部に、親父の形見の槍を言葉巧みに褒められ、油断したところを殴られた。

（だいたい俺ァ、元からコヤツのことが大嫌い……なのかなァ？）

大嫌い――ではない。

確かに悪党だし、酷い目にも遭っているが、どこか憎めないところがある。

「貴公と拙者、確かもう和解したはずにござるな？」

乙部が確認してきた。やはり笑顔だ。眉毛が上下にヒクヒクと動いた。

「いかにも。すでにそれがしに意趣はござらん」

「では朋輩《ほうばい》ということで、よろしいな？」

（ふん、意趣が無けりゃ朋輩かよ……相変わらず調子のええ野郎だら）

と、肚の中では舌を出したが、表面上は「左様にござる」と返事をした。

「では、ご提案なのだが」

今回二人は、野田城攻めで共闘することになった。戦場で杓子定規に「茂兵衛殿」「乙部様」などと呼び合っていては迂遠《うえん》なので、いっそ――

「茂兵衛、八兵衛と朋輩らしく呼び合ってはいかがであろうか？」

「なるほど」

「いっそ、朋輩らしく『ござる』『ございまする』も止め、くだけた言葉を交わすようにしてはいかがかな、朋輩らしく、アハハハ」

（なにが、アハハだら。この道化が！）

茂兵衛は家康の直臣で騎乗の身分である。乙部は、家康の家臣である伊忠のそのまた家来だから身分上は陪臣《またもの》に過ぎない。どう考えても、茂兵衛の方が上だが、そう主張したところで、乙部に屁理屈をこねられ、簡単に言いくるめられてしまいそうだ。

（結局、俺はコイツが怖いんだら。腕っぷしなら負けねェが、口の巧さ、要領のよさでは到底敵わねェからなァ）

そんなことを考えながら、表面上は莞爾《かんじ》と頷いていた。

二

浜松城から野田城までは八里半（約三十四キロ）ある。

浜名湖《はまなこ》北岸までは本坂道《ほんさかどう》を行き、そこから北西に進み、宇利峠《うりとうげ》を越えて野田に至った。一泊二日の旅程だ。

その間、松平善四郎は常に苛ついていた。

実は善四郎、心無い陰口に傷ついていたのだ。

一昨年、二俣城《ふたまたじよう》に籠った主将格の武将三人のうち、城代中根正照《なかねまさてる》、副将青木《あおき》貞治《さだはる》は、無血開城の恥を雪《そそ》ぐべく三方ヶ原戦で勇戦し、名誉の討死を遂げた。ところが、ただ一人善四郎のみが生き長らえ、足軽大将に抜擢された。「ようもおめおめと、恥知らずなガキよ」との陰湿な陰口が弱冠十八歳の善四郎を苦しめていたのだ。

茂兵衛は、あらかじめ寿美から、そのことを伝え聞いていた。

「言わせておけばええのです」

と、茂兵衛は義弟を励ました。

「我らは皆、徳川の家臣にござる。まずはお役目が第一。死んでお役に立つ者もおれば、生きて殿様に仕えるべき者もおりまする」

だが、善四郎は思い詰めた様子で「次の戦を見よ」と繰り返すだけであった。若い指揮官が、目を血走らせて苛つき、それを支えるべき筆頭寄騎は抑鬱して元気がない。

（うちの弓組ァ大丈夫かね？　これで戦ができるんか？）

と、茂兵衛は我ながら不安にかられた。

ただ、結果から言えば、茂兵衛の不安は杞憂《きゆう》に終わった。

野田城は、もぬけの殻《から》だったのである。

長篠城、作手亀山城が徳川方の手に落ちた今、武田側から見た野田城は敵地にポツンと孤立した城であった。

徳川領内における武田の戦略拠点として野田城をテコ入れ強化する方法もあったのだろうが、勝頼はその策を選ばなかった。

小規模な平山城では、多少の兵を入れたところで、敵地で孤塁を守るのは難しいと判断したのだろう。そもそも城内の井戸を枯らす方法を、父の信玄が天下に示してしまっている。

勝頼は前もって徐々に城兵の数を減らし、最後は城番以下の十数騎が、城に火を放った後、信濃を目指して落ちていったという。ちなみに、火は野田城を見張っていた徳川側の間者たちにより消火され、城は無事だった。

茂兵衛たちは血を流すことなく入城を果たし、以前と同様に菅沼定盈が城主に収まった。

「左様か、無血開城か……ま、よかったではないか」

浜松城内で野田城奪還の報告を聞いた家康の表情は冴えなかった。

彼としては「痛し痒し」だったようである。

勿論、一兵も損じることなく城が手に入ったのは僥倖《ぎょうこう》だったが、欲を言えば、激烈な攻城戦の末、奪還に成功して欲しかった。その方が華々しいし、徳川の勝利を内外に印象づけられたはずだ。

「伊忠の隊は、そのまま野田城に駐屯させよ」

もし勝頼が攻めてくるとしたら、主戦場は長篠城か作手亀山城の攻防戦となるだろう。その場合の野田城は、長篠・亀山両城の後詰めの支城として機能する。さらに野田城は、家康の居城である浜松城、東三河の拠点である吉田城、西三河の拠点たる岡崎城《おかざきじょう》のちょうど中央に位置しており、繋ぎの拠点としての意味合いもある。この地に、鉄砲六十丁と弓三十張の、強力な飛び道具部隊を配置し、頼りになる松平伊忠を据えておく意義は大きい。

野田城は、豊川の流れに沿ってつくられた階段状の地形を巧みに利用した平山城であった。

南端の本丸から、北へ二の丸、三の丸が二町（約二百十八メートル）に渡って続いている。所謂《いわゆる》「連郭式」の築城思想だ。東西には豊川の支流が流れ、天然の水濠となっていた。本丸の比高は十間（約十八メートル）以上もあり、東西が水濠となれば、攻め手は北方の三の丸からのみ、ということになる。事実、大手門は北に向けて配置されていた。

勝頼が見捨てた城、「攻めるに易く、守るに難い」と揶揄《やゆ》される城——そんな印象が先立ち、家康も「組し易し」と見ていたようだが、実際に間近で眺めてみると、そこそこに守りは堅そうだ。

「ま、長篠城と同じような印象だら」

と、茂兵衛は辰蔵と服部宗助に小声で囁いた。

三人で野田城の周囲を歩き、しばらくは駐屯するであろう城の防御力、弱点、長所などを見極めてみた。小声で話すのは、城主の菅沼定盈の耳に入ると、臍《へそ》を曲げかねないからだ。

「所詮は、三百、四百の戦を想定した城だがね」

徳川と武田が数万人をかけて相戦う場には、舞台として物足りない感は否めなかった。「攻め手は北からのみ」と言っても、数千数万の寄せ手となれば、十間程度の土塁や小川の水濠を敬遠することはない。どんどん侵入し、一日もあれば揉み潰されてしまうものだ。

野田菅沼党にしても、長篠菅沼党にしても、貧しい奥三河の国衆である。数万の戦を想定して築城せよと求める方が無理筋なのだ。

「この程度の小城を、なぜ信玄は力攻めせなんだのでしょうか？　穴を掘って水源を断つなぞと、信玄にしては迂遠な手を用いましたな」

と、服部宗助が茂兵衛に訊ねた。

「野田城が降伏したのは二月、信玄が死んだのは四月頃らしい。さしもの信玄も己が死期を悟り、仏心でも起こしたのであろうよ」

「ハハハ、『最後の戦では、一人も殺しておりませぬ』と地獄で閻魔《えんま》に申し開きができますからな」

他人の前では茂兵衛を上役として立ててくれる辰蔵が、敬語で笑った。

「その信玄の死について、面白い噂がございますら」

服部が茂兵衛に囁いた。

なんでも、信玄の死因は、菅沼党の鳥居三左衛門《とりいさんざえもん》という鉄砲名人に狙撃され、その傷が悪化し、彼は死んだというのだ。

月夜の晩、城兵の吹く笛の音に誘われ出たところを、鳥居に撃たれた、と。

「ふーん」

ま、話としては面白い。敢えて否定する材料もない。ただ、茂兵衛は「それはないのでは？」と感じていた。

野田城が落ち、城主菅沼定盈が捕らえられたのが二月十六日、一月足《ひとつき》らず後の三月十日には、定盈は捕虜交換により解放されている。

もし、菅沼党が信玄を狙撃したのが事実なら、その頭目である定盈は武田勢の恨みを一身に受けることとなるはずだ。甲州《こうしゅう》人の信玄への尊崇の念は、神仏への信仰に近かったと聞く。信仰の対象を誘い出し狙撃させた卑怯な定盈が、かくも早く解放されるとは考えにくい。

（やはり、病気だら。信玄は長患いで死んだんら。三方ヶ原の前後を見ても、奴らの動きは妙だったもんなァ）

と、茂兵衛は結論づけた。

野田城内の一室で、甲冑の手入れをしていたとき――

「茂兵衛、おるか？」

との声がして、乙部八兵衛が顔を覗かせた。

「酒が手に入った。飲もうで」

大きな瓢《ひさご》を顔の横で振りながら、人懐っこい笑顔を見せた。

（まったく、この人たらしが……）

そう心中で毒づきながらも、顔には自然と笑みが浮かんだ。

城主である菅沼定盈は、茂兵衛たち浜松からの援軍に宿舎を提供してくれた。茂兵衛には、二室続きの板敷の間が宛がわれた。二室ともに囲炉裏が切ってある。窓があり、明かりや風が入る奥の部屋を茂兵衛が一人で使い、手前の部屋を今回従者として同道している奉公人の三十郎と七之助に使わせた。

この一年半で、三十郎と七之助の体格は見違えるほどになった。痩せっぽちだった三十郎は筋肉がついて大きくガッチリとなったし、七之助は毎日、茂兵衛の乗馬に従い、青梅について走っているから余分な脂肪が消え、身が軽くなった。

ちなみに、浜松の屋敷には、年嵩で一番しっかりしている吉次を置いてきた。妻の寿美と小女《こおんな》、吉次の三人で留守宅を守っている。

酒席では、乙部が仕える松平伊忠について語り合った。話を振ったのはむしろ茂兵衛の方からだ。実は、伊忠の茂兵衛に対する態度がどうもよそよそしい。目も合わせてくれない。徳川家の侍衆の中に茂兵衛の出自を軽蔑する者がいるのは事実だ。さらに御一門の寿美を娶ったことが、怨嗟の対象になっている可能性もある。同じく御一門の伊忠が、茂兵衛を嫌っていても不思議はない。

「考え過ぎだら。うちの殿様は頑固なところはあるが、三河者の権化みたいなさっぱりとしたお方よ。貴公の出自をどうこう言うなど考えられん」

「ほうか、ほうだな。俺の考え過ぎだら」

――と返して話を変えたが、その三河者には、意外に嫉妬深さ、排他性などが宿っている。

「なるほど、この御仁か」

酔った乙部が、肴を出しにきた七之助の肩を乱暴にバンバンと叩いて笑った。

「聞きしに勝る偉丈夫にござるな、噂の富士之介《ふじのすけ》殿は」

七之助は茂兵衛の従者である。今までにも目にしたことはあったろうが、こうして間近で見るのは初めてで、改めてその大きさに驚いたのだろう。

七之助は困惑の表情を浮かべ、叩かれながらチラチラと茂兵衛を窺っている。

「噂の富士之介ってのはなんだら？」

茂兵衛は土器《かわらけ》を置き、乙部を見た。

「うん。七之助があまりにデカいものでな、城内で噂になっておる。ついた渾名が、富士之介だら」

「富士とは、あの富士のことか？」

「ほうだら」

「ま、頭一つ飛び出ておるからな」

頭一つ飛び出ているのは、むしろ茂兵衛の方だ。七之助の体軀を表現するなら「肩から上が飛び出ている」であろう。それほどに、この主従は、揃いも揃ってデカい。

「どうじゃ。おまん、富士之介に改名せんか？　や、別に富士丸でも、富士太郎でも大山熊五郎でも構わんのじゃが」

「ハハハ、大山熊五郎はええな」

思わず、茂兵衛も噴き出してしまった。乙部の冗談に乗せられたのが、少し悔しかった。

「手前は、なんのために、改名するのでございましょうか？」

七之助がおずおずと乙部に訊ねた。

「おまんはデカい。この体軀と相まって、一度聞いたら忘れられんような名をつけるのよ。誰もが『ああ、植田殿のところの富士之介だら』と思い出すようならしめたものよ」

もし戦場で七之助が手柄を立てたとき、証人は多くいた方がいい。

「それにもう一つあるぞ。手柄が向こうから寄ってきよるがね、アハハハ」

巨体とその特異な名が知れ渡れば「徳川家の巨人、富士之介を倒してやろう」と名のある武将が戦いを挑んでくるというのだ。

「兜首、挙げ放題だがね」

「でも、腕に自信のあるお侍ばかりにやってこられると、手前は長く生きられないような気が致します」

「怖いなら鍛錬を積むこった。おまんの主人は槍の腕一つで、騎乗の身分にまでのし上がったのだからな」

茂兵衛は、乙部と七之助の遣り取りに黙って聞き耳を立てていた。

（ま、八兵衛の言う通りかも知れん。折角の体軀だ。それに見合った名を付けるのも悪うはないら）

土器の酒を空けながら、そう考えた。

「おまんは、どう思っとる？　名を変える気はないのか？」

「手前は、奉公人ですから、すべて旦那様にお任せ致します」

乙部と七之助の視線が茂兵衛に注がれた。

「ま、大山熊五郎は兎も角、ここの城内で富士之介と呼ばれているなら、富士之介に変えるのも悪くねェな」

「よし、これで決まりじゃ。七之助、おまんは今日から富士之介だら」

「へ、へい」

七之助改め富士之介が、茂兵衛を見ながら頷いた。

三

そのまま野田城を守って年を越した。勝頼は大きな動きを見せなかった。

天正三年（一五七五）四月、事態は西から動き始めた。

四月六日の未明、織田信長が、河内高屋城《かわちたかやじょう》に籠る三好康長《みよしやすなが》を討伐するため、兵一万を率いて京都を発《た》ったのだ。

三好康長は、本願寺《ほんがんじ》を後ろ盾としており、門跡の顕如《けんにょ》とも近しい関係にある。対する信長が率いるのは兵一万で、この数はいかにも少ない。

三好攻めは長引く、信長は手こずると踏んだ武田勝頼が動いた。兵一万五千を率い、三河侵攻を再開したのだ。

一万五千は大軍ではあるが、武田の総動員兵力は三万六千ほどもある。

三年前の西上作戦の折の信玄は、兵三万余を率いていた。兵力を見れば、この時まで勝頼は、家康との、まいてや信長との決戦は考えていなかったはずだ。長篠城、作手亀山城、野田城など、奥三河での失地を幾何《いくばく》か回復したい——その程度の目論見《もくろみ》だったと思われる。

ところが、四月八日に信長が駒ヶ谷山《こまたにやま》に布陣、高屋城攻撃を開始すると、近畿全体から援軍が馳せ参じ、瞬く間に十万余にまで膨れ上がったのだ。

それを見た三好康長の腰が砕けた。

十九日に、摂津石山《せっついしやま》本願寺の支城である新堀城《しんぼりじょう》が落ちると、信長の謀臣である松井友閑《まついゆうかん》を仲立ちに、降伏を申し出たのだ。

信長は戦後処理を家臣に任せ、四月二十一日には、京へと帰還した。少なくとも数ヶ月は続くと踏んでいた信長の不在が、わずか十六日間で終息してしまったのである。勝頼の目算は大きく外れた。

目算が外れたならば、戦線を縮小し、撤収するのが常道である。しかし、なぜか勝頼はそれをしなかった。むしろ、兵を前に進めたのだ。

「まったく、勝頼の野郎は執念深いら」

茂兵衛が、忌々しげに呟いた。最近、茂兵衛の勝頼嫌いが激しい。無論、その根っこは綾女である。

「こんな大軍に攻められたら、ちっぽけな野田城なんぞ、一揉みにされますな」

辰蔵が、茂兵衛に敬語で応じた。

野田城南端の本丸は、見晴らしがよく利く。旧暦の四月二十八日、梅雨《つゆ》のはしりの雨があがり、陽が射した午後、茂兵衛は配下の小頭である木戸辰蔵と服部宗助を連れ、豊川に沿って南下する武田勢の行軍を眺めていた。

このまま豊川を下れば、河口には吉田城がある。徳川家筆頭家老、酒井忠次の居城で、家康の東三河支配の拠点となる巨大な城郭だ。

「勝頼は吉田城を攻めるつもりでしょうか？」

服部が茂兵衛に質した。

「確かに大軍ではあるが、見る限り精々一万か二万の軍勢だら。おまんも知っての通り、吉田城はデカい」

服部は長年、吉田城主酒井忠次の下で足軽勤めをしていたのだ。

「あの兵力で攻めても、落とすには時がかかろう」

時がかかれば、信長が出てくるやもしれず、勝頼としては「長居は無用」と考えているはずだ。よって、吉田城を本気で攻めることはあるまいと茂兵衛は結論づけた。

吉田城は、永禄八年（一五六五）に家康が攻略して以来、城主に据えられた酒井によって逐次改修が進められてきた。

北は、豊川と朝倉川《あさくらがわ》の出合い部に面し、切り立った土塁で防御されている。南側には石垣と隅櫓《すみやぐら》が配され、深い環壕《からぼり》が掘られていた。特筆すべきはその広大さであろう。二十四万坪（約八十万平方メートル）ほどもある。平城ではあるが、城兵の頭数さえ揃えれば、攻めるに難い堅城と言えた。

「吉田城攻略を諦めた勝頼が、野田城《こ》に押し寄せることもありましょうか？」

服部が茂兵衛に訊いた。

「それもないな」

一万五千の兵力で攻めれば、野田城程度なら容易《たやす》く落とせようが、それでは昨年までの状況に回帰するだけだ。徳川圏内に孤立する野田城を維持できず、戦わずして城を捨てさせたのは勝頼自身ではないか。

「つまり俺が思うに、勝頼が次に狙うのは……」

「長篠城か！」

二人の小頭が期せずして同時に叫んだ。

長篠城には、奥平貞昌が籠っている。勝頼にすれば、父信玄の死を察知し、いち早く徳川へと誼《よしみ》を通じた憎き裏切《にっく》り者だ。今回の侵攻の目的が、長篠城であることは、ほぼ間違いあるまい。

ではなぜ勝頼は、（本気で獲るつもりのない）吉田城へ向け、南下しているのであろうか。

その答えは、家康だ。

家康は四月二十七日に浜松城を、兵六千を率いて発ち、現在吉田城へ向け行軍中である。勝頼としては家康が吉田城に入る前に、野戦《のいくさ》を挑みかけ、一気に雌雄を決したいのだ。

敵を分断し、各個に殲滅《せんめつ》するのは兵法の常道である。家康と信長が連携する前に、まずは家康だけを叩いておきたい。その気持ちは分かる。

しかし、二十八日午後、わずかに早く家康は吉田城に入城してしまった。浜松から引き連れてきた六千を加えれば、城兵の数は八千にもなった。一万五千の武田勢が攻めても、落とせるはずがない。

翌四月二十九日、勝頼は八つ当たりでもするかのように、吉田城の支城である二連木城《にれんぎじょう》を攻め立て、攻略し、勝鬨《かちどき》を上げ、周辺の村落を焼き尽くし、そのまま兵を退いたのだ。

「おやおや、お帰りですかい？　甲斐の山猿は元気《たっしゃ》じゃのう、ガハハハ」

辰蔵が、昨日と同じ野田城本丸から、今度は北上する武田勢に向け罵声を浴びせた。

行ったり来たり——辰蔵ならずとも揶揄したくなる。

もしこのまま長篠城を攻めるのであれば、武田勢は蒸し暑い中を、無駄に往復十二里（約四十八キロ）も行軍させられたことになる。

なにしろ勝頼は動き過ぎるのだ。

兵馬の疲労など、まるで眼中にないようにも見える。気合だけで戦には勝てない。ときには兵を労《いたわ》り、愛《いつく》しむのもまた戦国武将の心得のはずだ。

さらに言えば、勝頼は、昨年の高天神城攻めも梅雨時に兵を出していた。今年もこれからが梅雨で農繁期に入る。兵馬の肉体的疲労に気を配らないばかりか、領民の経済的疲弊をも無視しているように思えてならない。

「だとすれば、よほどのたァけですなァ」

服部がボソリと呟いた。

「や、本物のたァけではあるめェ」

茂兵衛が反論した。

「信玄も落とせなんだ高天神城を勝頼は落とした。焼き討ちを含めて、うちの殿様が嫌がる手を、きちんきちんと打ってきやがる。信玄の頃より嫌らしいほどだら。ま、ただの阿呆じゃないがや」

その後、茂兵衛は口をつぐんだ。眼下を流れる豊川に沿い、長く連なる軍列を眺めながら、勝頼のことを考えていた。

武田勝頼は信玄の庶子《しょし》だ。

母親の実家である諏訪《すわ》氏を継ぎ、伊那谷高遠城《いなだにたかとおじょう》の主となった。ところが兄の義信《よしのぶ》が、父信玄の怒りを買って廃嫡されてしまう。図らずも勝頼は、武田宗家を継ぐことになったのだ。

しかし、一旦他家へと出た勝頼を後継者とすることには反対も多く、信玄は勝頼を、長孫である信勝《のぶかつ》（勝頼の長男）が成人し、家督を継ぐまでの陣代《じんだい》（後見人）と考えていたようだ。

（もし俺が勝頼だったら、世子となることに文句をつけた重臣たちを、見返してやろうと思うだろうなァ）

なまじ軍略に長《た》けているだけに、戦に勝つことで、見返そうと考えた。見返す手段は他にもあるだろうに、今も勝頼は圧倒的な戦果に拘っている。

天正三年（一五七五）五月一日――勝頼は長篠城を囲み、城の北東にある医王《いおう》寺《じ》山《やま》に本陣を置いた。

長篠城には奥平貞昌が決死の覚悟で籠っている。二年前に、奥平党の裏切りを知ると勝頼は激怒し、甲府《こうふ》に人質として差し出されていた貞昌の妻と弟を磔刑《たっけい》に処したのだ。妻は十六歳、弟は十三歳であったという。ここに至ると、勝頼と奥平党は互いに不倶戴天《ふぐたいてん》の敵だ。殺《や》るか、殺られるかしかない。

家康は奥平党に、二百丁からの鉄砲を与えていた。城兵は五百に過ぎないが、要害の地に立つ長篠城はそれなりに堅城だ。貞昌は大軍の攻撃を凌ぎ、よく耐えていた。

奥三河における徳川方の防衛拠点は三つの城だ。長篠城、作手亀山城、野田城である。

最も武田領に近い長篠城が大軍に囲まれ、身動きが取れなくなった今、茂兵衛らが籠る野田城は、徳川の最前線拠点となってしまった。もし早期に長篠城が落ちれば、勝頼はこの地へ押し寄せてくるやも知れない。

城は小さく、城兵は、酒井忠次の足軽隊が吉田に帰って行ったので、現在四百に足りないが、先手の鉄砲が六十、弓が三十、野田菅沼党の鉄砲が十で弓が十――かなりの防御力だ。

「勝頼に、目にもの見せてくれようぞ」

と、汚名返上に燃える善四郎は意気込むが、茂兵衛の見るところ、一万五千に攻められて、野田城が長く持ちこたえられるとは思えない。精々一ヶ月が限度。その間に、味方の後詰めがきてくれればよいが、そもそも信長はあてにならないし、家康には、幾度か己が城を見捨てた前歴がある。

その家康は五月十日、信長に書状を送り、助太刀を求めた。

昨年の高天神城への援軍派兵のときには、信長が岐阜を発ったのは援軍要請を受け取った日から数えて九日後であった。ところが今回、五月十三日には三万の大軍とともに岐阜を発ったのである。信長が家康の書状を受け取ってからわずか二日しかかかっていない。

今度こそ信長は、勝頼の息の根を止める肚にも見える。

五月十五日、信長は岡崎城へ入った。岐阜から岡崎までは十八里半（約七十四キロ）ある。それを二日、日に九里余（約三十七キロ）も行軍した計算になる。信長の本気が窺われた。

その日、家康は嫡子信康を伴って信長を岡崎城の大手門で出迎えた。信康は信長の娘婿である。以降、三人は行動をともにすることになる。

四

野田城の城主は菅沼定盈だが、強力な援軍を率いて、事実上の前線指揮官を務めているのは深溝の松平伊忠だ。

定盈は、終始一貫して家康に忠誠を尽くしているが、縁戚の長篠菅沼党や本家筋の田峰菅沼党などは武田を選んでいる。奥三河は三河と言っても、元々今川の影響が強く、安祥《あんじょう》や岡崎などで数代前から徳川家（松平本家）に仕えていた西三河衆とは少し異質なのだ。西三河衆が徳川家に殉じ「死なばもろとも」との気風が強いのに対し、奥三河衆は、滅んだ今川は兎も角、武田側に走る選択肢をいつも頭の隅においていた。家康も奥三河衆に全権を委任する気にはなれず、野田城の指揮権も事実上伊忠に委ねられていた。

五月十五日早朝、伊忠の命を受け、茂兵衛は二十名の槍足軽隊を率いて野田城を出発し、北上して長篠城方面を偵察した。

軍監として伊忠の家臣である乙部八兵衛も同道している。

茂兵衛は青梅に乗り、足軽装束の三十郎が轡《くつわ》を取った。七之助改め富士之介が茂兵衛の兜と槍を抱えて続く。自分の槍も一緒に持っているので、少なくとも三貫(約十一キロ)はあろう。ただ、生来の怪力の上に、鍛錬で体を絞った富士之介である。涼しい顔をして歩く姿が頼もしい。

設楽原《したらがはら》を流れる幾本かの豊川の支流のうち、大宮川《おおみやがわ》の手前で馬を止めた。ここから長篠城まで、ちょうど一里(約四キロ)ほどだ。朝靄に隠されて今は見えないが、正面には高松山《たかまつやま》が、左手には茶臼山《ちやうすやま》があるはずだ。

「辰蔵」

鞍上で振り返り、相棒を呼んだ。

「はッ」

「二名連れて、三町(約三百二十七メートル)先行せよ。ただし、異変があればその場に留まり、足軽を報告に戻せ」

「ははッ」

辰蔵は、足の速そうな足軽を二人連れ、機敏に朝靄の中へと姿を消した。

勝頼の采配は外連味《けれんみ》が多い。よく動く性質《たち》だから、急に移動しないとも限らない。視界の悪い中、うっかり大軍と鉢合わせするのは御免だった。

空を見上げれば天気は良さそうだ。陽が高く上れば、この靄は晴れるだろう。今年はどうも空梅雨のようだが、それでも湿度は高く、じめじめと蒸し暑いのは変わらない。

「富士之介」

「へい、旦那様」

「兜を被る」

「へい」

茂兵衛は、馬上で面頬《めんぼお》と桃形兜《ももなり》を受け取った。

まずは手拭いを頭に巻く。手拭いには、汗止めと兜を安定させる効果がある。

次に面頬と喉垂《たれ》を一緒にはめ、後頭部にまわした紐を縛って固定した。

兜を被る前には、忍緒《しのびのお》を少し工夫する。左右から長く垂れた緒をそのまま結ぶのではなく、一旦兜の裏側を通し、顎紐を二重にした。この状態で被り、緒を面頬の下できつく結べば頭上の兜はグラつかずに安定する。緒の端は、頬の辺りに巻き込んで、ヒラヒラさせないのが兜武者たる者の心得だ。

見れば、乙部も従者に手伝わせて兜と面頬を着けている。見覚えのある赤具足ではない。普通の黒具足だ。

赤具足と言えば、武田の山縣昌景隊の赤備えがつとに有名で、乙部は実際、幾度も戦場で武田勢と勘違いされ、味方から槍をつけられたそうな。それに懲りて赤具足は止めにしたと以前に聞いた。

「ん？」

大分薄れた朝靄の中を、辰蔵が駆け戻ってきた。

異変があった場合、辰蔵はその場に留まり、足軽だけを報告に帰せ、と命じたはずだ。辰蔵が茂兵衛の命を聞き違えることはあり得ないから、よほどの事態が出来《しゅったい》したものと思われた。

見れば、辰蔵の背後から、配下の足軽二人が小柄な男に肩を貸し続いている。男は右足を負傷しているようだ。

「どうした？　その者は、誰だら？」

男は、馬の前の地面に片膝を突き、茂兵衛に叩頭した。ざんばら髪を鉢巻で留め、具足下衣に両刀を帯びただけの軽装だ。

「手前は長篠城主、奥平貞昌が足軽、鳥居強右衛門《とりいすねえもん》と申す者にございまする」

（大きな声だら。敵に聞こえるわ）

小男は、声と男根は大きいものと、どこかで聞いたような気がする。

「その鳥居がいかがした？」

「不躾ながら、お名前を？」

確かに不躾の極みである。足軽が騎乗の武士に大声で「名をなのれ」は通常考えられないが、ま、ここは辛抱だ。

「先手弓組、植田茂兵衛である」

「されば植田様、手前、主人奥平貞昌の使いとして、三河守様に伝令に赴く途中にございます」

（三河守様？　ああ、殿様のことか）

多少の違和感があった。

家康は、朝廷から任命された正規の三河守である。永禄九年（一五六六）の師走に叙任を受けた。だから、彼を三河守様と呼んでも、なんら不都合はないはずだ。ただ、そう呼ぶ者は徳川家中にはいない。家康はどこまで行っても、自分たちの「殿様」であり、それ以上でもそれ以下でもないのだから。三河守様との呼称は、少し他人行儀に聞こえる。奥三河の国衆、地侍たちにとっての家康とは、つまり、そういう存在なのだろう。

「おまん、長篠城を抜け出して参ったと申すのか？」

「昨夜、夜陰に乗じ、野牛門《やぎゅうもん》から豊川に入り、水中を潜り、脱出に成功致しまして ございます」

「ほう」

なかなかの勇者である。声の大きさも虚仮威《こけおど》しではなさそうだ。

「おまんが、武田方の間者でないという証は？　なんぞ符丁のようなものはあるのか？」

長篠城からの伝令を装った武田の間者が、偽りの情報を徳川方に流そうとしているのかも知れない。

「もしも身分を疑われた場合、酒井左衛門尉様に『亀姫様の件、人としてではなく、乱世の武将として、奥平党の頭領として了見致します』とお伝えすれば、疑いは晴れるはずと」

「なんのことだら？」

辰蔵が不満げに独言した。

亀姫は家康の娘である。信康の同母妹だ。つまり家康の正妻である築山殿《つきやまどの》が産んだ娘――その程度のことしか茂兵衛たちには分からない。

「服部、なんぞ聞いておるか？」

最近まで酒井の足軽だった服部だが、思い当たることはないようだ。

（どうする？　コヤツを信じるのか？　ま、おっかァは「声の大きな奴は善人」とゆうとったけどな）

茂兵衛は判断に迷った。

「まずは野田城に参れ。そこで松平伊忠様なり、菅沼定盈様なりにお伝え致せ」

「や、それは困りまする」

「こ、困るって……おまん、なにをゆうとる！」

思わず茂兵衛も声が大きくなった。この足軽の尊大無礼な態度はなにか。「足軽の分際で」との言葉が頭を過《よぎ》ったが、かろうじて口に出すのは控えた。五年前までは自分も足軽だったのだから。

「御無礼の段はお赦し下され。ただ、現在、長篠城は危機に瀕しておりまする」

「たァけ、そのような話を大声で致すな！」

辰蔵が大声で怒鳴りつけた。

「主《あるじ》奥平貞昌から『くれぐれも、三河守様か左衛門尉様に直接お伝えせよ』ときつく申し遣わされておりまする」

と、小声で言って、額を地面にこすりつけた。

「服部、左衛門尉様は、まだ吉田城におられないかな？」

「いえ、殿様について岡崎城で弾正忠《だんじょうのちゅう》様を出迎えられるはずにございます」

（糞、上手くねェら）

「松平様、菅沼様、ともに家康公の代理人である」

横合いから馬を寄せて、乙部が介入したが、それでも足軽は退かなかった。

「松平様は兎も角、菅沼様は……明日はどちらの御味方なるやも知れず」

「下郎、言葉を慎め！」

辰蔵が怒鳴りつけた。

「申しわけございません。されど、ここは奥三河の地……互いに助け合い、かつ互いを決して信じぬ。これが奥三河の流儀にございまする」

再度、額を地面にこすりつけた。

（こいつの無礼な態度は、必死さの裏返しか。命など要らんと決めた者は、こういう態度をとろうな）

あまり身分の確認に時間はかけておられない。危急の伝令なのだ。

「どうする？」

乙部が茂兵衛に訊いた。

(どうするかな?)

乙部には答えず、強右衛門を見つめた。

「鳥居とやら」

「へいッ」

「俺が無理に野田城へ連れて行ったら、おまん、どうする?」

「なにも喋りません。それが主命にございますゆえ」

「今、家康公も左衛門尉様も岡崎城におられる。遠いぞ。おまん、その足で行けるのか?」

「参ります。身分低き手前を信じ、あえて使いに任じてくれた我が殿の信頼に応えたく思いまする」

今度は平伏しなかった。茂兵衛の目を見て——否、睨みつけている。

(信頼か……信頼ねェ)

家康は、三方ケ原で信長の信頼を損ねた。それを挽回しようとして、今度は遠江衆の信頼を失いかけ慌てている。善四郎は、卑怯者との烙印を撥ね返すべく躍起となっている。富士之介は、酒で失くした信用を取り戻そうと、好きな酒を断った。

茂兵衛も同じだ。

今の自分は、夏目次郎左衛門、大久保四郎九郎、榊原左右吉、本多平八郎ら恩人たちからの好意と信頼を裏切れぬとの一心で、こうして頑張れているのではあるまいか。

身分の上下は関係ない。人は誰も、信頼に応えようと、信用を失くすまいと必死にもがき、あがく切ない生き物なのだ。

信頼と信用――二つの言葉が茂兵衛の心を動かした。

「八兵衛、辰蔵、服部」

「おう」

「はッ」

「これから俺は、鳥居を連れて岡崎へ参る」

「たァけ、止めとけ！」

辰蔵が地を出して叫んだ。乙部と服部が、上役を「たァけ」と呼ぶ徒侍《かちざむらい》を驚いた様子で見つめた。

「お、お止め下され。ここから岡崎まで十一里（約四十四キロ）はございます。

鳥居は足を怪我しております、とても持ちません」

辰蔵は、今度は丁寧な言葉で、青梅の鞍にすがり、茂兵衛を諫めた。

「鳥居を馬に乗せ、俺が付き添う。馬の足なら二刻（約四時間）あれば着ける」

「おそれながら」

強右衛門が、呻くように声を上げた。

「手前、馬になど乗ったことがございません」

「案ずるな。この青梅は大人しい。女子供にでも乗れる馬じゃ。それに奉公人の富士之介に轡を取らせる」

「富士之介は、馬と一緒に十一里も走るのか？」

乙部は目を丸くしたが、富士之介は七之助の頃から、毎日青梅の後を追いかけて野山を走り回ってきたのだ。並みの武士とは脚力が違う。

「やはり野田城に連れて行くべきだら。その上で菅沼様なり、我が殿なりの下知を仰ぐべきじゃ」

乙部は、上役へ判断を委ねるべきだと主張した。

「杓子定規を申すな。コイツは、野田に連れて行っても、なにも喋らんと申しておるのだ。なに大丈夫だら。責めはすべて俺が負う」

「確かに聞いたぞ。おまんが責めを負うのじゃな？」

「おうよ。親父の墓に誓ったるわい。八兵衛、ついてはおまんの馬を俺に貸せ」

「馬をどうする？」

「俺が乗るんだよ。岡崎まで」

青梅で、十分馬には慣れた。乙部の馬でも乗れないことはあるまい。

「よし、それはええが……俺は、野田城までどうやって帰る？」

「たァけ！　歩かんかい！」

思わず、どやしつけた。

五

茂兵衛は、十分に乙部の馬を乗りこなせた。

右手で槍を提げ、左手のみで手綱を操る——一見、一端《いっぱし》の騎馬武者である。

青梅で培《つちか》った乗馬技術もさることながら、胆が据わっているので、馬が乗り手をなめないところが大きい。一般に、乗馬は馬になめられたら終《しま》いだ。

茂兵衛が先頭に立ち、強右衛門を青梅に乗せ、富士之介に轡を取らせた。三十郎は自分の槍と富士之介の槍を持ち、後方から続いた。

「先は長い。馬も人もへばらぬよう、ゆるゆると参るぞ」

と、振り向いて一同に伝えた。

常足《なみあし》（時速五キロ）と速足《はやあし》（時速十二キロ）を繰り返せば、馬はへばらずにどこまでも走ってくれる。遅いようだが、一刻（約二時間）に五里（約二十キロ）は進めるから、茂兵衛の言った「岡崎まで二刻（約四時間）で行く」は達成可能だ。同時に、この程度の速さなら、徒歩で進む二人の奉公人も、なんとか追いついてこられるだろう。

戦国期の馬は小ぶり、とよく言われる。

確かに駄馬は小さかったが、軍馬はそれなりに大きな個体が選抜された。肩までの高さ四尺（約百二十センチ）を軍馬の最低限と考え、それより幾寸大きいかで分類された。

例えば、五寸の馬――寸は「き」と読む――なら体高は、四尺五寸（約百四十五センチ）ということになる。記録には八寸の馬、九寸の馬も散見されるので、戦国武将は「大型犬ほどの馬に乗っていた」とは考えない方がいい。

ちなみに、青梅は六寸の馬（約百三十八センチの体高）である。大柄だが従順な牡馬だ。

山越えは道に迷う危険がある。一旦、吉田まで南下し、そこから北西に向かい、岡崎に至る道を選んだ。

「その足は、どうした？」

茂兵衛が馬を寄せ、強右衛門に質した。

「川から上がるとき、尖った大石を踏みましてございます」

時折、馬を止め傷に巻いた晒《さらし》を交換してやるのだが、すぐ真っ赤に染まってしまう。裂傷が深く大きく、ジワジワと出血が続いているようだ。強右衛門の声も心なしか弱々しく、小声に変わってきている。

速足を岡崎まで通したいのが本音だが、どうしても間に、常足を挟まねばならない。速足は馬を疲弊させるだけでなく、乗り手をも消耗させるのだ。上下動が激しく、一歩ごとに下から突き上げられる。鐙《あぶみ》に踏ん張り、腰を浮かせねばならない。足の裏に大きな傷を負った強右衛門には辛い動きだ。顔を顰めながら、馬上で必死に耐えている。

茂兵衛の奉公人たちも、疲労困憊していた。

日頃から走り慣れている富士之介こそ、なんとか岡崎まで持ちそうだが、三十郎の方はいけない。フラフラである。小走り程度の速さではあるが、かれこれもう六里（約二十四キロ）以上も走りづめだ。天気は晴れて蒸し暑い。さらに、鉄笠に足軽具足を着込み、両刀を帯び、槍を二本も提げている。息が荒く、足元はふらつき、両眼からは生気が失せていた。

「どれ、三十郎、槍はワシが持つ」

見かねて茂兵衛が馬を寄せたのだが、三十郎は頑として槍を譲ろうとはしなかった。

「て、手前は大丈夫にございます。至って爽快……」

自分とさほどに身分差のない強右衛門の責任感に、小者は影響を受けたようだ。

「たァけ。今のおまんのお役目は、馬について走り、鳥居を岡崎まで送り届けることだら。槍を運ぶことではねェ」

と、無理矢理、二本の槍を取り上げた。手ぶらになった三十郎は、少し元気を回復したようで、足元のふらつきが止まった。

「俺の奉公人は、おまんに感化されたようだら」

馬を並べ、強右衛門の顔を覗きこんだ。

「て、手前の何に？」

驚いたような顔で茂兵衛を見返した。

（ハハハ、まるで見当もつかねェようだな。強右衛門の奴は、当たり前のことをしてるつもりなんだ）

外連味も下心もなく、只管《ひたすら》、使命感だけで走り続ける強右衛門に、茂兵衛は好感を持った。

「な、強右衛門」

「へい」

「俺もな、五年前までは足軽よ」

「え、左様ですか」

「うん。七年近く槍足軽をやった。その前は渥美《あつみ》の百姓よ」

なぜそんな話を、初対面の男にしたくなったのか分からない。ただ、強右衛門の真っ直ぐな姿勢に、若い頃の自分を見た可能性はある。どこかで「今の苦労が必ず報われるときがくる」と、彼に伝えたかったのかも知れない。

「もうすぐ藤川宿《ふじかわじゅく》だら。頑張れ」

藤川を過ぎれば、岡崎城まで残り、一里半（約六キロ）と少しだ。

五月十五日の午後、岡崎に到着した一行が目にしたものは、城の内外を埋め尽くす夥《おびただ》しい数の兵馬の姿であった。

「徳川には、こんなに沢山の兵も馬もいやしねェ。さては、織田の援軍がきたんだら。よろこべ強右衛門！」

と、振り返ると、強右衛門は初めて笑顔を見せて頷いた。

（こいつ、初めて笑いやがった。ハハハ、まるっきり愛嬌がねェわけでもねェらしいや）

信長が率いる三万の援軍が岡崎城に入ったのは、茂兵衛らが到着するほんの二刻（約四時間）ほど前である。

「先手弓組植田茂兵衛、長篠城主奥平貞昌様の使いを引き連れてござる。殿様にお取次ぎをお頼みしたい」

大手門前で馬を輪乗りし、大音声《だいおんじょう》を張り上げると、矢倉からひょいと顔を出したのは、なんと本多平八郎であった。

「こら、茂兵衛！　おまん、ワシに隠れて、なにをチョロチョロしとるんら！」

と、おどけて笑った。

「ほ、本多様！」

懐かしい顔を見て、安堵感に思わず力が抜けた。

茂兵衛らは昨年十月に浜松城を出て、以降は野田城詰めとなっており、平八郎に会うのは久しぶりだ。平八郎は家康に同道し、浜松城から岡崎入りしていたという。

平八郎の計らいで、茂兵衛と強右衛門はすぐに本丸御殿の庭へと通された。強右衛門は使者を自称しているに過ぎない。本当は何者なのか、まだ判然とはしていない。平八郎の口添えがなければ、もっと時間がかかったはずだ。

まず酒井忠次が一人で現れた。引立烏帽子《ひきたてえぼし》を被り、鎧直垂《よろいひたたれ》に籠手と佩楯《はいだて》、脛当を着け、陣羽織を羽織っている。

「鳥居とやら、お前、奥平貞昌殿の使いと申すか？」

酒井が強右衛門を厳しく睨みつけた。

「ははッ」

強右衛門が頭を垂れた。茂兵衛は傍らに片膝を突いて控える。

ところが強右衛門が「亀姫様の件」云々《うんぬん》を伝えると、酒井の顔に喜色が浮かんだ。

「ほ、本物にございます。間違いござらん。この者は、長篠城主からの使いにござる」

と、酒井が怒鳴ると、部屋の奥の板戸が開き、陣羽織姿の武将が二人、速足で姿を現した。一人は家康だ。もう一人は長身痩軀の冷たい目をした男である。

「三河守家康である。奥平貞昌の言葉を申してみよ」

早口で命じた。苛立っている風にも見える。

昨年、高天神城は、信長の援軍到着に前後して降伏開城した。家康としては、同じことを再現したくはないのだろう。

「長篠城は、繰り返し火矢による攻撃を受け、弾薬庫、兵糧庫が消失。落城寸前にございまする」

「なんと」

長篠城に籠る奥平党は五百人ほどしかいない。それが一万五千の武田勢と戦えているのは、家康が、信長の口添えで、堺《さかい》から買い入れた鉄砲を二百丁も与えたからだ。銃弾、火薬が尽きれば、万事休すだ。

「数日のうちには必ず後詰めする。なんとしても持ちこたえよ」

「ははッ」

「早い時期に、確《しか》と伝えることじゃ」

横合いから、冷たい目をした男が、呟くように低い声で言った。

家康が男に、慇懃《いんぎん》な会釈を返したところを見れば――

（これが、織田信長か）

行軍中の信長を、遠くから眺めたことはあるが、間近で見るのはこれが初めてだ。茂兵衛は上目遣いに、チラチラと希代の風雲児の姿を窺った。黒く日に焼けた顔が艶々と光っている。大きく高い鼻、薄い唇に引き締まった口元――癇《かん》が強そうだ。酷薄そうにも見える。信長と並ぶと家康などは、まるで富裕な百姓の若旦那ではないか。

「大軍が後詰めに来ると分かれば、城兵は石を投げても数日は持ちこたえよう。確と伝えることじゃ。さすれば、長篠は持つ」

そこまで言うと、信長は踵《きびす》を返し、速足で御殿の奥へと消えた。

家康と酒井、庭に茂兵衛と強右衛門が残された。

「植田」

家康が、自分の名前を覚えてくれていることが無性に嬉しかった。

「寄れ」

命じられるままに、階《きざはし》の下までにじり寄り控えた。

「今、弾正忠様が申された通りじゃ」

もう家康は落ち着いている。先ほどまでの苛立ちは抑え込んだようだ。小声で嚙《か》んで含めるような語り口で伝えた。

「援軍は来ると、必ず城兵に伝えよ。手段は問わん。伝えよ」

「はッ」

ここで家康は、チラリと背後を窺った後、階を二段ほど下り、顔を近づけてきた。両腕を伸ばし、茂兵衛の甲冑の肩を掴んでグイと引き寄せる。息がかかるほどの距離だ。わずかに葱《ねぎ》と焼き味噌が匂った。家康はさらに声を絞り、耳元に早口で囁いた。

「あの信長を、岐阜から奥三河くんだりまで引っ張りだすのじゃ。昨年の高天神城の二の舞で無駄足を踏ませるなどもってのほか……ワシの信用は地に墜ちる。一旦、役立たずの烙印を押されれば最後、信長はワシを見捨てかねん。この群雄《ぐんゆう》割拠《かっきょ》の中で孤立すれば、三河と遠江は、諸国の草刈り場となり果てようぞ」

「………」

「高天神の小笠原信興は降伏開城した。勝頼はこれを許したばかりか、領地まで与えて厚遇した。長篠の奥平貞昌もこのことはよく知っておろう。援軍は来ないと思えば、貞昌もどう転ぶか分からぬ」

だから、どうしても「援軍が来ることを、一刻も早く城内に伝えろ」と繰り返し念を押された。

（え、えらいことになったら）

あまりの重責に、胃の腑がキリリと痛んだ。

六

岡崎からの帰途、吉田に着く前に陽は暮れた。

闇の中、茂兵衛は強右衛門とただ二人きり、馬を進めていた。走りづめの三十郎と富士之介はさすがに限界だ。はるか後方に遅れている。ただ、強右衛門は馬に慣れたようで、轡取りがいなくても、なんとか鞍にしがみついていた。

「おまん、どうやって長篠城に戻る気だ？」

城は、一万五千の敵兵に十重二十重《とえはたえ》と囲まれている。忍び込む隙などあるのだろうか。

「城を出たときの要領で、川に潜って野牛門を目指しまする」

「今度は流れに逆らい、川を遡《さかのぼ》って泳ぐことになるぞ」

と、茂兵衛が指摘すると、強右衛門はしばらく考えていたが、やがて——

「ならば、豊川の上流から潜り始めます。流れに沿って水中を下り、野牛門に至りまする」

「なるほど」

（強右衛門を長篠に帰城させるのが一番だが、もしそれが無理なら、俺は俺で他の手段を考えておかねばなんねェな）

茂兵衛は、途中で野田城に立ち寄ることにした。上役の善四郎は弓名人である。配下には三十名の弓足軽がいる。一番遠くまで矢を飛ばせる者を選んで、矢文を城中に射込むという方法もあろう。

（そういえば、八兵衛も弓を使える）

野場城での乙部は、攻城側と内応の連絡を取るとき矢文を使っていた。脳裏を乙部の人懐っこい笑顔が過る。ヒクヒクと両眉毛を上下させる独特の笑い方だ。

（や、乙部は止めとこう）

最近、茂兵衛の乙部に対する評価はかなり軟化している。以前ほどの嫌悪感を

持たなくなっているのは事実だ。しかし、人と人には相性というものがある。猿の方

（あの乙部の野郎に、俺と徳川の命運を賭けるだと？　あり得ねェわな。猿の方がまだ信用がおける）

謂《い》わば、茂兵衛と乙部は腐れ縁である。

性格的には水と油なのだが、なぜか運命的に引き合うことが多い。乙部はいつも友好的で、茂兵衛に友情を示すのだが、最後には必ず裏切る。

（野場城でもそうだら。御油でもそうだら。あんの野郎）

現在茂兵衛が乗っているのは乙部の馬だ。乙部が尻を乗せた鞍に、自分も尻を置いているのかと思えば大層気色が悪かった。

「植田様」

「え？」

急に背後から強右衛門に声を掛けられ、物思いに耽《ふけ》っていた茂兵衛は慌てた。

いつの間にか、馬は速足で走っている。右手を見れば、東の山の端に満月が上っており、その光が荒地の先に静まる野田城を照らし出していた。

馬は賢い獣だから、たとえ乗り手が鞍上で眠りこけても、現在の塒《ねぐら》である野田城へちゃんと連れ帰ってくれる。

「曲射なら、二町（約二百十八メートル）は確実に飛ばせる」

野田城の宿舎内で、善四郎が遠矢《とおや》の限界を提示した。

「軽い鏃《やじり》を使えば、三町（約三百二十七メートル）まではなんとかなる」

つまり、長篠城の城壁から三町の距離にまで肉迫せねば、矢文は射込めないということだ。

「なんにせよ、最も遠くに矢を飛ばせる者を一名選んで下され。それがしが先導しますゆえ」

「それはよいが、一つ条件がある」

「条件？」

「拙者を一緒に連れていけ」

「な……」

この義弟は、家中の一部から卑怯者呼ばわりされている。生来、負けず嫌いの意地っ張りであり、陰口に我慢がならないらしい。名誉を挽回したい気持ちは分かるが、敵陣に密かに接近、矢文を射込むという難しい隠密行動だ。動きの鈍い善四郎が足手まといになるのは目に見えていた。それに彼は、義弟とはいえ、御一門の跡取り息子ではないか。万が一のことがあれば、徳川家に対し、寿美と小絵女に対し、申し開きができない。

「いやなら、遠矢を射る者は教えん。義兄《あにじゃ》が遠矢を放て」

「お、お頭……」

進退窮まった。ここは、善四郎も連れて行くしかなさそうだ。

往復二十数里も馬に揺られ、相当に疲れていたので、仮眠を二刻（約四時間）ほどとった。本当はもう少し寝ていたかったのだが、強右衛門に揺り起こされたのだ。

「植田様、もうすぐ夜中ですら」

「分かった。起きる」

と、上体を起こして両腕を伸ばすと、体にも頭にも元気が蘇った。強い体を与えてくれた両親に感謝である。

出かける前に、松平伊忠に一言報告すべきかとも考えたが、不快そうに顔を背ける伊忠の顔が浮かんで茂兵衛は躊躇した。乙部から話はいっていようし、大仕事を前にして、上役から色々と枷《かせ》をはめられるのは御免だった。伊忠には、事後報告と肚を決めた。

夜半過ぎ、長篠城目指して徒歩で出発した。隠密行動に馬は向かない。茂兵衛の他は、善四郎と強右衛門、遠矢で三町（約三百二十七メートル）の記録を持つ嘉六《かろく》という中年の弓足軽の四人である。

野田城から長篠城までは二里（約八キロ）と少しある。やはり足の傷が痛むようなので、途中からは遠慮する強右衛門を茂兵衛が背負って進んだ。

「植田様、相済まないことですら」

「なに、気にするな。おまんは小柄だから、大して重かねェわ」

三方ヶ原で大男の部下を背負い、敵の中を逃げ回ったことを思えば、どうということはない。

長篠城外に到着すると、包囲する武田勢の背後から忍び寄った。今宵は十五夜である。明るくて歩きやすいが、その分、敵からも発見されやすい。幸い季節柄、雑草の丈が高い。四人は草陰に身を隠しながら慎重に近づいた。

「これでは、とても無理じゃ」

善四郎が、無念そうに茂兵衛に囁いた。

武田勢は、城の周囲五町（約五百四十五メートル）に渡って陣を敷き、長篠城を包囲していた。発見されずに、三町以内に肉迫することなど、到底無理だ。

(矢文の策は使えんか)

「強右衛門は声が大きい。叫べば城内にも聞こえるのではないか?」

善四郎が、新たな策を小声で提案した。

「さすがに、五町、六町は聞こえやしません」

「駄目か」

「それに、すぐ敵に捕まりましょう」

そうこうするうち、月は西の空へ傾き始めた。ジリジリと時間ばかりが過ぎていく。

「な、強右衛門?」

「はッ」

「城の北方に大通寺山《だいつうじやま》があろう。あそこの中腹から矢を放てば、城内に届かんか?」

「それは届きます。ただし、大通寺山は敵陣となっております」

大通寺山は、長篠城を見下ろす小山だ。城の総壕のすぐ傍まで山麓が迫っている。戦の準備で、山腹の木々は皆、伐採されておろうが、静かに矢を射込むだけなら、或いは好機が訪れるやも知れない、と楽観的に考えた。

「豊川を渡り、対岸に行ってみましょう」

「うん」

善四郎が頷いた。

四人は、寝静まった武田の陣地を窺いながら、長篠城の西、豊川を隔てた篠場《しのば》野《の》から回り込み、上流部を東へ向けて渡渉《としょう》した。その頃には、もう東の山の端が薄明るくなっている。旧暦の五月十六日は、夏至の数日後だ。夜が明けるのは早い。

前方半町（約五十五メートル）ほどを、二騎の騎馬武者に率いられた十名ほどの足軽隊が横切っている。茂兵衛は手で一同に合図をし、傍らの草叢《くさむら》に身を隠させた。足軽隊の姿が見えなくなっても、茂兵衛はしばらく草叢から出ないで様子を窺った。

「植田様」

背後から強右衛門が、肩を叩いた。

「うん？」

「矢文を射込むのに手前は無用……手前は、城に忍び込む策があるか、探ってみたく思いますが」

「別行動をしたいと申すのか？」

「へい」

「よし、ならばここで別れよう。構えて、無理を致すな」

「心得ました」

強右衛門は、善四郎と嘉六にも会釈をした後、薄闇の中へと姿を消した。

（死ぬなよ、強右衛門）

去り行く勇者の背中に、心の中で声をかけた。

一同は草叢の中に隠れているわけだが、大柄な茂兵衛がしゃがんでも、茅《かや》の上に兜がわずかに覗いていた。

「そこで、なにをしておられる？」

厳しい誰何《すいか》の声がかかった。

（糞ッ、見つかった）

もう駄目だ、桃形兜の尖った頭頂部を見られている。ただ、茂兵衛の大きな体に隠れて、小柄な善四郎と嘉六の姿は見られていないはずだ。二人だけでも逃がさねばならない。

「おう、暫時《しばらく》待たれよ」

と、長閑《のどか》に返事をしておいて、善四郎には早口で囁いた。

「それがしは見咎められてござる。ここからは別行動。それがしが衛士の気を引きますゆえ、お逃げ下さい」

「義兄《あにじゃ》はどうする？」

「なんとでも致しまする。おい嘉六、お頭を頼んだぞ」

「へ、へい」

「なにをしておいでで？」

また声がかかった。声色が少し苛ついている。早くしないと怪しまれる。

「まあ、待て。草叢にしゃがんでおるのじゃ。糞に決まっておろう。尻ぐらい拭かせろ、アハハハ」

そんな虚勢を張りつつ、直垂の股座《またぐら》の襞《ひだ》を搔き合わせる振りをしながら、草叢をゆっくりと歩み出た。

「卒爾《そつじ》ながら、お名乗り下され。これも衛士の役目にござれば」

簡素な畳胴《たたみどう》の具足を着けた若い武士だ。兜は被らず、髷《まげ》の上から鉢巻を巻いている。一見したところは徒侍だ。松明《たいまつ》を掲げた槍足軽一人を連れている。

「秋山伯耆守《ほうきのかみ》が家来、植田茂兵衛」

口をついて、とっさに秋山虎繁の名が出た。

秋山の官位を思い出せたのは自分にしては上出来だ。秋山なら、高遠城、飯田《いいだ》城《じょう》など、信濃は伊那谷の城代を務める武将だから、大山脈を隔てた甲斐の兵は「家来の名までは知らぬはず」と高をくくった。

「植田様は、用を足されておいでで？」

「うん、腹の具合が少しな」

「兜と面頰を着けたまま、糞にござるか？」

と、目を覗きこまれ、背中を冷や汗が流れ落ちた。忘れていたが、兜も面頰も喉垂も、着けたままだ。

「用を足すときも戦場におることは忘れぬ。武士の心得よ」

と、言い返しながら、左手で腰の脇差をソッと握った。これ以上、踏み込んでくるようなら、足軽共々《やや》殺るしかない。

衛士は足軽に振り返り、目で合図を送った。足軽が頷き、草叢に向け駆けていく。大方、糞の有無でも調べるつもりだろうが、茂兵衛には、悠長にそこまで待つ気はなかった。

（声を出させたら終わりだら。刺し殺すより、顎を殴った方がええ）

「な、貴公……」

「はい？」

と、こちらを振り向いた衛士の顎先を右拳で水平に殴った。男の頭が横に揺れ、呻き声もなく膝から崩れ落ちた。間髪を容れずに脇差を抜刀し、衛士の喉を突き、止めを刺した。

（残るは、足軽一人だ）

身を屈め、足軽が入っていった草叢へ忍び寄った。

「糞など見あたりません」

と、言いながら出てきた足軽に摑みかかる。

「ぐッ」

口を手でふさぎ、喉を掻っ切った。

ブシュッ。

音を立てて、喉から血が噴き出したが、そこは心得で、機敏に身をかわし、返り血を浴びるような不覚はとらなかった。

（て、手間ァかけやがって）

見渡したが、善四郎と嘉六の姿は見えない。逃げたのだろう。茂兵衛は、まだ喉の傷から血を流している足軽の骸《むくろ》を隠した後、衛士の元へと駆け戻り、こちらの骸も引き摺って草叢に隠した。

(俺を見咎めたりしなけりゃ、親兄弟の元へ無事に帰れたものをよォ。ナンマンダブ、ナンマンダブ)

茂兵衛は、手にかけた二人の若者に両手を合わせてから、そ知らぬ風を装い、歩き始めた。

陣中の警護と言っても、敵の間者が物売りに変装して忍び込むとか、手癖の悪い自軍の足軽への警戒などが精々で、まさか徳川方の兜武者が、甲冑のまま堂々と武田の陣内を闊歩《かっぽ》することなど、誰も想定していないはずだ。

(びびるこたァねェ。甲冑は、甲斐も三河も似たようなもんだら。堂々と歩いてればええ。徳川だなんて誰も分かるもんかい)

衛士に疑われた反省から、忍緒を解いて伸ばし、兜を背中に背負った。面頬も外し、腰からぶら下げた。自陣で寛ぐ武者が、兜と面頬を着けているのはやはりおかしい。

善四郎と嘉六が逃げたと思われる方角に向かい、敵陣の中をわざとゆっくりと歩いた。

七

辺りはドンドン明るくなっていく。あちこちの天幕から、武田勢が起き始めた気配が伝わってくる。

（え、偉ェことになっちまったぞ）

しかも、援軍が来ることを城兵に伝えるという役目はまだ未達成なのだ。前からきた足軽二人とすれ違った。目が合う。少し焦った。

「おはようごいす」

と、人懐っこい笑顔で声をかけてきたので、ホッとして「おう」と明るく返事をした。

（おはようごいすか……ほら見ろ、バレやしねェや。甲州弁の「ごいす」と「ずら」で押し通してやるら）

ここで茂兵衛の頭に、一つの着想が浮かんだ。

なにも敵に隠れて矢文を射込むことはない。武田勢が城攻めを始めたとき、攻城側に紛れ込み、城壁に迫り、堂々と矢文を城内に射込めばいい。数百、数千の矢が飛び交うのだ、小さな紙片を結び付けた矢が、一本か二本飛んでいったところで、武田側は誰も気づくまい。

（よし、これだ。この手でいこう）

嘉六とははぐれてしまったから、矢文は茂兵衛自身が射込むことになる。

（ま、城に近づいて堂々と射込むんだ。二町、三町飛ばすわけじゃねェ。俺にもできらァ。ただ、どこかで、弓と矢を調達せにゃあな）

豊川を渡ろうと谷に下りかけたとき「義兄《あにじゃ》」と傍らの藪から声がかかった。

「あ、お頭！　御無事で」

善四郎と嘉六が、手招きしている。辺りに人の目がないことを確認し、藪に飛び込んだ。三人で抱き合うようにして再会を喜び合った。

「実は義兄《あにじゃ》、悪い報せがある」

「はい？」

「強右衛門は武田方に捕まった」

「なんと」

善四郎たちが茂兵衛を待って潜んでいると、豊川の下流、宇連川《うれがわ》との出合い辺りで騒動が起こり「捕まえた」「川から引き上げろ」と怒鳴り合う声が、しばらく聞こえていたという。

（強右衛門が下手を踏んだのなら余計に、俺らが役目を果たすしかねェってこったァ）

茂兵衛は、敵に紛れ込んで矢文を射込む策を二人に披露した。

「危険は大きいが、拙者らがやるしかないのだからな。命懸けだが、やろう」

そう言いながら、善四郎の顔には笑みが浮かんでいる。敵側に紛れ込み、味方の城に矢文を射込む。そんな命を的の大冒険をやり遂げれば、自分への心無い中傷も「鳴りを潜めるに相違ない」との期待を持ったようだ。

懐紙に「三万余の後詰め、遅くとも明後日には到着　三河守家康」と記し、細く畳んで矢柄に結びつけた。同じものを五本作った。

「おい嘉六」

善四郎が嘉六の陣笠を指して呼びかけた。

「へい」

「もう随分明るい。陣笠は脱いだ方がよいぞ」

嘉六は弓足軽として、最下層ながら家康の直臣である。しかし、自前で甲冑を調達するのは無理なので、徳川家からの御貸具足を着用している。特に陣笠には、徳川の合印《あいいん》である金の輪が正面に大きく描かれているから、そのまま武田勢の中に入ると、拙《まず》いことになってしまうのだ。

「こりゃ、うっかりだら。危ねェ、危ねェ」

嘉六は、慌てて陣笠を脱ぎ、代わりに鉢巻をまいた。

反対に、茂兵衛と善四郎は面頰と兜を着用した。

卯《う》の下刻（午前六時頃）を回ると、長篠城の西、豊川を隔てた篠場野には続々と武田の将兵が集まってきた。その数五千ほど。

「顔を上げ、堂々としておりましょう。びくついておると怪しまれる」

と、善四郎に一声かけてから、悠然と武田の陣へと歩いていった。

矢を確実に、城内に射込まねばならない。できるだけ前へと、人混みを分けて進んだ。

「御無礼ずら」

「申しわけないでごいす」

なぞと、怪しげな甲州弁を使いながら、とうとう豊川を見下ろす崖の上にまで出た。城の土塁まで目算でほぼ一町（約百九メートル）ほど。嘉六を振り返って見ると、茂兵衛の目を見て深く頷いた。落ち着いている。これなら大丈夫だ。

「敵の間者が川を泳いで城に忍び込もうとしたらしい。ま、捕まったそうずら」

「無茶をしよる。三河者のやることは、よう分からん」

どこからともなく、そんな会話が聞こえてきた。強右衛門のことであろう。

武田勢の中で攻撃が始まるのを待っていた。

しばらくして、背後で騒《ざわ》めきが起き、縄を打たれた小柄な男が、数名の侍に引っ立てられてやってきた。

（あ、やっぱり、アイツだら）

鳥居強右衛門であった。

灰褐色の具足下衣が黒々と濡れているのは豊川に潜ったからか。顔が赤黒く腫れ上がっているのは、酷く殴られ、尋問された証であろう。

強右衛門は、崖の先端、篠場野の端に立たされた。

「お――――い、奥平の衆！」

物頭《ものがしら》らしい侍が、城内に向け大音声を張り上げた。

「お主らの仲間、鳥居強右衛門を捕まえたぞ」

城の中から、絶望的な悲鳴が湧き起こった。

強右衛門は一昨日の夜、自ら狼煙《のろし》を焚き、城の脱出に成功したことを城兵たちに伝えていたのだ。

「これで援軍が来る。強右衛門が家康公を連れて来る」

と、希望を持っていたろうに、その強右衛門は縛られ、敵の手の内にある。城兵の深い落胆ぶりが声色に表れていた。

「奥平の衆よ。まことに残念じゃが、援軍は来ない」

物頭が声を張り上げた。城内は静まりかえっている。

「三河守家康という男は、かつて高天神城を見捨てた。浜松城下が焼かれても、領民を助けようともせなんだ卑怯者よ」

(焼いたのは誰だら！　おまんたちだろうが！)

怒りが蘇った。茂兵衛の脳裏に、曳馬宿を焼く炎が、綾女の遺恨を含んだ目が浮かんでは消えた。

「そして今、長篠城の貴公らを見捨てようとしておる。三河守家康、武士とも思えぬ、唾棄《だき》すべき下衆《げす》である」

武田勢の中から嘲笑が沸き起こった。

茂兵衛は強右衛門を見た。

項垂《うなだ》れているのは分かるが、背中を向けているので表情は見えない。ただ、肩に力がない。誰よりも彼自身が落胆し、絶望しているように茂兵衛には思えた。強右衛門を信頼して送り出してくれた奥平貞昌以下、奥平党の仲間たちの期待に応えられなかったからだ。

「ここにおる鳥居強右衛門は、家康の『援軍は送れぬ』との言葉に絶望、本日よりは武田四郎勝頼様に、騎乗の身分としてお仕えすることに相成ったのじゃ」

城内は静まったままだ。

「ええか、奥平の衆……」

と、物頭が言葉を継いだ刹那、うつむいていた強右衛門が、縄を持つ侍に体当たりを食らわせた。不意を突かれて侍がよろける。強右衛門は数歩走り出て、崖の端に立ち大声を張り上げた。件《くだん》の大声である。

「嘘じゃ！　大嘘じゃ！　数日の内に援軍は来る！　三河守様が弾正忠様と御一緒に後詰めを約束……」

そこまで叫んだとき、背後から槍の穂先が五本、強右衛門の体を刺し貫いた。強右衛門はまず両膝を突き、そのままぐにゃりと、前屈みに崩れ落ちて動かなくなった。

（強右衛門ッ！）

茂兵衛は歯を食いしばって耐えた。さもなくば走り出し、五人の侍に摑みかかっていただろう。

城内からは、強右衛門の名を呼ぶ、振り絞るような声が幾つも聞こえた。

武田の侍は、忌々しげに強右衛門の遺体を崖から蹴り落とした。骸は転がり落ち、崖の途中に生えた大松の枝にひっかかって止まった。鳥居強右衛門は、手足を広げ、目を見開いたまま天を仰ぎ、まるで磔《はりつけ》にでもされたような、それは無惨な死に様を晒した。

しかし次の瞬間、長篠城内から、力強い武者押しの声が上がったのである。

「えい、えい」

「お――」

「えい、えい」

「お――」

強右衛門の壮絶な死を悼み、今後の敢闘を誓う決心の鬨《とき》だ。

「えい、えい」

「お――」

「えい、えい」

　ダダン、ダンダンダン。

　四度目の勝鬨は、鉄砲の音が打ち消した。策に溺れた武田勢の腹立ちまぎれの斉射だ。

　傍らで善四郎が震えている。恐れているのではあるまい。無念さと憤りからくる震えだ。面頬の口元から上の歯で下唇を強く噛んでいるのが分かる。茂兵衛は黙って義弟の肩に手を置いた。

（ふん、信長がゆうた通りになるら。強右衛門、そこから見とれ、この城は落ちん。長篠は、持つ）

　手の甲で涙をぬぐおうとしたが、面頬が邪魔をした。

第四章　鳶《とび》ヶ巣《す》砦の奇襲

一

「植田。おまん、ちと独断専行が過ぎはせぬか？」

野田城《のだじょう》に戻ると、前線指揮官の松平伊忠は茂兵衛に腹を立てていた。鳥居強右衛門を自分への報告もなく、直接岡崎《おかざき》の家康の元へと連れて行き、指示を仰いだからだ。要は「頭越しではないか」と怒っているのだ。

先に野田城へ戻った乙部が「事情を上手く説明してくれるか」とわずかに期待していたのだが、やはり甘かった。そもそも乙部が、茂兵衛の助けになるわけがない。今も伊忠の背後に控え、茂兵衛を見てニヤニヤしている。

（な、なにが可笑しいのか、この道化め！）

さすがに腹が立ち、睨みつけると、サッと視線を外された。

「されど主殿介《とものすけ》様、植田には植田なりの……」

おずおずと善四郎が助け舟を出そうとしたが――

「だまらっしゃい！」

と、三十九歳の先達から一喝され、十八歳の若者はうつむいてしまった。ちなみに、主殿介は伊忠が僭称《せんしょう》する官位である。

(伊忠様、悪いお方ではないのだが、生真面目で、意地っ張りなところがおありになるからなァ)

茂兵衛は、伊忠を野場城《のばじょう》の頃から知っている。勿論、攻め手の大将と籠城側の足軽だから接点はなかったが、敵将ながらも不快や憎悪を掻き立てられるような人物ではなかったのだ。戦後処理においても、降将である夏目次郎左衛門や城兵たちに、伊忠は寛容だった。その彼が目の前で仁王立ちになり、烈火のごとく怒っている。

「殿の後詰めの件が長篠城《ながしのじょう》兵に伝わったのはよかった。しかし、それは結果論じゃ。別儀である。徳川家の序列を無視、勝手に振る舞ったおまんの罪は消えぬ」

「も、申しわけございません」

と、頭《こうべ》を垂れた。

「このことは確《しか》と、殿と左衛門尉様に申し伝えるからな、そう心得よ」

「ははッ」

顔を上げる間もなく再び面《おもて》を伏せた。

一万五千人の武田勢に囲まれた長篠城に、大切な情報を報せたのだから、強右衛門に准じ、事実上の指揮を執った茂兵衛も大手柄のはずだ。伊忠は結果論だと言うが、戦場では結果がすべてではないのか。家康も酒井も、その辺の事情は分かってくれるはずだ。

しかし、その一方で、面子を潰された重臣《これただ》の怒りも無下にはすまい。おそらく、独断専行の罪は問われない代わりに、褒賞もなし——そんなところに落ち着くのではあるまいか。

(参ったなァ)

茂兵衛は嘆息を漏らした。相も変わらず、自分はついていない。

強右衛門が英雄的な死を遂げた翌日の五月十七日午後、織田徳川の援軍三万八千が、降りしきる雨の中、野田城に到着した。

「なんだら、あれは？」

野田の城兵たちは、大軍の佇まいに違和感を覚えた。

織田勢も徳川勢も、足軽たちが大きな荷物を抱えている。丸太であったり、板材であったり、荒縄の束であったり。まるで、城でも築く気かと勘ぐってしまいそうな光景だ。

翌十八日も太陽は姿を見せなかった。雨こそ落ちてこないが、雲が低く垂れこめた陰鬱な天気だ。

大軍は、野田城を発《た》って半里（約二キロ）東進し、極楽寺山《ごくらくじやま》に陣を敷いた。八千の徳川勢のみは、さらに進み、極楽寺山の東方半里にある高松山《たかまつやま》（現在の弾《だん》正山《じょうやま》）の八剱《やつるぎ》神社に本陣を置いた。

高松山は比高十二間（約二十二メートル）ほどの小高い丘である。東の麓《ふもと》には連吾川《れんごがわ》が、西の麓には大宮川《おおみやがわ》が流れている。二つの川の両岸は、水田や湿地となっていた。

古来、この一帯を設楽原《したらがはら》と呼ぶ。

足軽たちが抱えてきた膨大な資材は、この地に集積された。

家康の陣頭指揮の下、始まったのは、まさに、築城であった。

連吾川の右岸に沿って、高松山の斜面を削り切岸《きりぎし》（人工の崖）となし、掘削した土を盛り上げ、その上に丸太を立てた。同時に大宮川の左岸にも堀切《ほりきり》と丸太が設《しつら》えられていった。

「なにをする気だら？」

高松山を振り向いて辰蔵が訝《いぶか》しがった。現在、やや水位の上がった連吾川を渡って東へ向け行軍している。

松平伊忠が率いる二隊の先手鉄砲組と善四郎の弓組は、徳川本隊を離れ、高松山の東方、連吾川を挟んだ対岸にある天王山《てんのうざん》（現在の信玄台地《しんげんだいち》）に布陣することを命じられていた。さらに東へ一里（約四キロ）進めば長篠城である。もし敵が来るとしたら東からで、伊忠隊の役目は、丘の上に防衛線を敷くことだ。

「これは、なんとしたことら。まさに、高松山全体を巨大な城にする気だがね」

服部が呆れた様子で呟いた。

天王山の配置から、四町（約四百三十六メートル）後方の高松山の普請現場を眺めると、その規模の大きさに圧倒された。一町（約百九メートル）や二町ではない。延々と半里（約二キロ）に渡って大普請がおこなわれている。この時代にはまだ「野戦陣地」という思想はなく、茂兵衛たちの目には、巨大な「付城」と映っていた。付城とは、城攻めなどの拠点とするため、臨時に築かれる簡易な城塞を意味する。

「今、攻めて来られたら、どうする気だろう？」

善四郎が茂兵衛を見た。

梅雨《つゆ》時の蒸し暑い中、徳川の将兵たちは甲冑《かっちゅう》を脱ぎ、武器を置き、半裸になって付城の普請を続けている。身づくろいをし、陣容を整え、迎撃態勢をとるのに、早くとも半刻（約一時間）はかかるはずだ。

「つまり、鉄砲六十丁、弓三十張、槍足軽六十人で、武田勢を食い止めておけ、ということにござろう。その隙に本隊は陣容を整えましょうから」

伊忠隊は捨て石になれということだ。玉砕は必至であろう。

「なるほど。やり甲斐のある役目じゃな」

驚くほどの精悍で大人びた顔つきだ。強右衛門の壮絶な死を見て以降、善四郎は大きく変化した。敵陣に潜入し、武田勢の中に交じって強右衛門の死を見物したのだ。もう「怖いものなどない」との心境に至ったのだろう。

「な、義兄《あにじゃ》」

「はッ」

「あれは、どう見ても城じゃな？」

「はい、城にございましょうな」

「信長は岐阜《ぎふ》から丸太を抱えてきたというが、初めから築城を考えておったのだろうか」

善四郎は、信長の本気を疑っていた。

常識的には、城を築くということは「守りを固め、討って出ない」消極策を意味する。もし武田が攻めて来なければ、信長はこのまま兵を退く気ではないか？三河《みかわ》や徳川を守るために、わざわざ武田と戦いたくないのではないか？との不信が募った。

その場合、長篠城は落ち、武田と徳川の国境は奥三河にまで南下することになる。さらに、高天神城《たかてんじんじょう》や浜松城《はままつじょう》下に続き、長篠城まで見捨てることになれば、家康の人望は地に墜ちるだろう。

「信長の奴、自分の本陣は極楽寺山に置いたままだら。ここから半里も離れとる、アイツ、やる気があるのか？」

「我ら徳川衆にだけ城を築かせ、戦わせ、嫌なことは全部押し付けて、自分らが血や汗を流す気など、端からないのかも知れんですな」

辰蔵と服部もやってきて議論に参加し、善四郎の不安に同調した。

「信長、頼るに足らず。尾張《おわり》衆、信じるに足らず」

これは、善四郎たちだけの特異な思想ではなかった。徳川勢の誰もが心に宿す不安であったはずだ。

茂兵衛は、岡崎城での家康の必死な形相《ぎようそう》を思い出していた。

信長と家康の関係性がぎくしゃくしているのは間違いない。そして、家康にとって信長の信用を失うことは、戦国大名としての死を意味していた。少なくとも、家康は茂兵衛に、焼き味噌の匂う口を寄せてそう言ったのだ。

(殿様も、ここは踏ん張りどころと見ていなさるんだろうなァ。総大将が信長に賭けてるんだ。俺ら下っ端が、信長不信でぐらついとったらいかんがね。誰の得にもならん)

茂兵衛は、肚をくくった。

「実はそれがし、三日前に岡崎城で、信長と我が殿の様子を見てござる」

「ほう」

善四郎と辰蔵と服部が興味津々の顔つきで茂兵衛を見つめた。

「二人で顔を寄せ、真剣に策を練ってござった。あのお二方は一心同体……なにせ童の頃からの朋輩《ほうばい》ですからな。信長は我が殿を十分に尊重しているように見え申した。それがしは、今少し信長を信じてもよいのかなと、思いまする」

と、嘘八百を並べた。嘘も方便と言うではないか。

「な、仲睦《なかむつ》まじい様子であったのか？」

善四郎が「意外だ」との表情で訊いてきた。

「はい」

「五分の付き合い、そんな感じでありましたのか？」

「うん」

善四郎、辰蔵、服部は顔を見合わせた。そして、一斉に表情が緩んだ。

「なんだ。心配は要らなそうじゃな」

「ほうか、織田と徳川は五分の付き合いなのですな」

「確かに、姉川《あねがわ》でも俺らの方が織田を助けてやったがね」

「ほうだら、徳川は意外に頼りにされとるんだら、アハハハ」

気のいい仲間たちを騙すのは心苦しかったが、今はあの冷たい目をした男を信じ、百姓然とした我が殿様を信じ、己に課せられた役目を淡々と果たすしかないではないか。

「植田ッ！」

「はッ」

五間（約九メートル）先で、引立烏帽子《ひきたてえぼし》を被った松平伊忠が、茂兵衛を睨んでいる。

「たァけ。談笑しとる暇があったら、槍足軽一組連れて物見でもして参れ！」

「ははッ」

伊忠の背後で、乙部が茂兵衛に向かって両手を広げ、天を仰いだ。面頰《めんぼお》で表情こそ読めないが、多分笑っている。

（乙部の野郎、いつか虐《いじ》めてやる）

気まずい空気の中、服部組を率いて偵察に出た。鉄砲隊と弓隊は行動を共にすることが多い。伊忠とは今後もしばらく一緒にいることになるだろう。上役に徹底的に嫌われた茂兵衛は、深い溜息をついた。

築城とも呼ぶべき陣地の構築は、北部を織田の諸将が、南部を徳川が受け持ち、十八日、十九日と昼夜兼行で進められた。そして二十日の朝、姿を現したのは、総延長半里（約二キロ）にも及ぶ巨大な野戦陣地であった。

連吾川を水濠とし、その背後に三尺（約九十センチ）毎《ごと》に丸太を立て、横木を渡し、荒縄で固く縛ってある。武田の騎馬武者が突っ込んできても、馬はまず水濠に足を取られ、次には丸太の柵に進撃を阻まれよう。

その間、柵の内側からは鉄砲隊や弓隊の斉射を浴びることになる。さしもの武田騎馬隊も大苦戦するはずだ。さらにその後方には、急峻な切岸が設えてあり、二重三重の守りに、隙はなかった。

十九日の夜、勝頼は長篠城北方の医王寺山《いおうじやま》本陣を引き払い、豊川《とよかわ》を渡り、南西に移動して、清井田《きよいだ》の丘へ布陣した。

武田本陣の移動は、天王山の茂兵衛たちも気づいていた。小雨が降る月のない夜であったが、浅い谷と小川を挟んで、七町（約七百六十三メートル）ほどの距離である。大軍の動きは十分に察知できた。

本陣から使番《つかいばん》がきて、伊忠に「すでに付城の普請はすんだ。敵が来れば、数発浴びせかけ、意地を見せた後、早々に退け」との家康の命令を伝えた。玉砕覚悟でこの天王山の陣地を死守する必要はなくなったようだ。

二十日、武田の諸隊が天王山一帯の台地に移動してきた。

天候は小雨だ。伊忠隊の主力武器である火縄銃は、雨を苦手とする。火縄と火皿が濡れると、どうしても不発が多くなるのだ。

「雨覆《あまおお》いを付けよ。雨火縄《あめひなわ》に換えるのを忘れるな」

伊忠が配下の鉄砲足軽たちに一々声をかけて回っている。茂兵衛には辛く当たる伊忠だが、指揮官としては有能な男なのだ。

雨覆いは、火皿の上部を覆う革製の雨避けである。雨火縄は、木綿の火縄を硝石で煮てから乾燥させ、漆をかけて火持ちをよくした特殊な火縄だ。今日ぐらいの小雨であれば、十分に発砲は可能である。

茂兵衛たちが防衛線を敷く丘を目指し、坂を上って来たのは、件《くだん》の赤い軍団であった。

武田の赤備え——見るのは二年半振り、三方ヶ原《みかたはら》以来だ。信玄を支えた武田四天王の一人、山縣昌景が率いる最精鋭部隊である。騎馬武者中心の機動部隊で、兜や鉄笠、当世具足《とうせいぐそく》、馬具に至るまでが朱色に統一されており、武田騎馬隊の強さの象徴ともなっていた。

「まだ撃つな。我が指示を待て」

丘の上、一列横隊に並んだ六十丁の鉄砲隊と、三十張の弓隊に伊忠が大声で命じた。

赤い軍団は人も馬も、よく統制がとれていた。まるで一匹の巨大な赤い獣が、坂を這い上ってくるようにも見えた。夏草に覆われ、濡れてぬかるむ坂道を苦にもせず、頂上で構える鉄砲隊を恐れる様子も見せずに、粛々と上ってくる。

「えい、えい、えい、えい」

低く、強く、声を合わせた鬨《とき》が、徐々に近づいてくる。

ゴクン。

誰かが唾を飲み込む音が、ことさら大きく聞こえた。

鉄砲も弓も、高所から撃ち下ろす場合は射程が延びる。

「火蓋を切れ」

六十個の火蓋を、一斉に指で前に押す音が、カチカチカチと、丘の上に小さく響いた。まだ一町（約百九メートル）近く離れている。これが平地ならもう少し待つのが心得だが、今回は発砲後に逃げねばならない。

「放てッ」

ダダン、ダンダンダンダン。

白煙が丘の上を棚引いた。赤い軍団の幾人かが、斜面に膝を折り蹲《うずくま》った。

「高松山まで後退。火皿を濡らすな。後ろを見るな。走れ！」

と、伊忠が叫び、皆一斉に丘を駆け下り始めた。

「えい、えい、えい、えい」

山縣勢の鬨の間隔が狭まった。足を速めたのだ。

茂兵衛も逃げ出そうとしたのだが、伊忠に呼び止められた。

「たァけ。植田！　おまんは殿軍《しんがり》じゃ！」

「ははッ」

善四郎の弓足軽たちを先に行かせ、辰蔵組、服部組の二十名を率いて丘の上に踏み止まった。

赤具足たちが駆け上ってくる。

「えい、えい、えいえいえいえい」

大地を踏み鳴らして、赤い軍団が迫ってきた。

振り向けば、伊忠隊はもう半町（約五十五メートル）先を走っている。

「も、もう、ええだら。俺らも逃げよう」

辰蔵に促され、最後尾から撤退を開始した。

下り坂は楽でいいが、連日の雨で道は滑り、大層走り難かった。

幾度も振り返って見たが、山縣隊が後を追ってくる気配はなかった。最初からこの丘に陣を敷くつもりだったのだろう。

(ああ、よかった。命拾いしたら)

長々と南北に延びる馬防柵に向かって走りながら、茂兵衛は胸をなでおろしていた。

柵の途中に幾つか設けられた虎口《こぐち》(出入口)から自陣に駆け込んだ。

伊忠隊の居場所を訊くと、切岸のすぐ上にかたまっているという。行ってみると、皆が甲冑のまま横たわっていた。幾人かは、すでに大鼾《おおいびき》で眠っている。十八日以来、丘の上では、最前線にいることの緊張から、誰もほとんど睡眠を取れていなかったのだ。

茂兵衛も槍を放り出し、兜と面頬を着けたまま、赤土の上で横になった。瞬時にストンと深い眠りに落ちたのだが——

「植田ッ、たァけ! 起きろ!」

怒鳴り声に目が開いた。

「は、はい」

「豊川方面を物見して参れ、今すぐじゃ!」

と、伊忠が命じた。その背後で、また乙部が苦笑し、片手で茂兵衛を拝んだ。

（乙部の野郎……拝んどる暇があったら、意固地な主人をなんとかせい）

心中で毒づきながら、槍を杖に、石のように重い体を無理に引き起こした。

二

二十日の午後、敵が高松山の対岸、天王山に布陣したことを受け、織田と徳川の合同軍議が極楽寺山の本陣内で持たれた。席上、酒井忠次は長篠城の東、鳶《とび》ヶ巣《す》山《やま》の頂きに立つ武田側の砦を奇襲する策を提案したのだが、信長は乗り気でないようだった。

「そも、鳶ヶ巣山の砦を襲う目的はなにか？」

信長が酒井忠次を睨みつけた。言葉に棘《とげ》がある。あまり機嫌はよろしくない。

家康は、軍扇をいじりながら瞑目《めいもく》し、静かに議論を聞いている。

「されば、勝頼は本陣を移し、武田の主力はほぼ天王山に押し出してきておりまする」

酒井は、広げられた奥三河の地図を指し示しながら説明を続けた。

「長篠城包囲の軍勢は、城の北側に集中しておりますれば、東の兵力は手薄。夜のうちに山道を抜け、鳶ヶ巣砦を背後から襲えば、瞬時に制圧できましょう。それにて、まずは、長篠城は解放されたことになりまする」

その上で、長篠城の奥平衆と合流して西へと進み、天王山に布陣する武田勢の背後を突く。前には馬防柵が立ち塞がり、背後からは鳶ヶ巣奇襲隊が迫る。挟撃され身動きの取れなくなった勝頼に、織田徳川の本隊三万が襲いかかる。武田勢は壊滅するしかないだろう。

「あわよくば、勝頼の首級《しゅきゅう》すら挙げられましょう」

と、一気に述べた酒井は、チラと家康を窺った。家康は、わずかに頷いてみせた。しかし、信長の表情は優れない。

「鳶ヶ巣は言わば山城。背後から襲うことが左衛門尉の策の要諦である。しかし、この空模様では月明かりは望み薄……どうやって闇の中を迷わずに、二里（約八キロ）以上も山道を歩くと申すか?」

「界隈《かいわい》の山に詳しい、地侍と繋ぎをつけておりまする」

「その男は梟《ふくろう》の性か?」

織田方の諸将の間から、笑い声が漏れた。徳川方で笑う者はいない。

「いえ、豊田藤助《とよたふじすけ》と申す、この地に生まれ育った者にございます」

酒井は生真面目に答えた。

「で、あるか」

信長は、しばらく考えた後、断を下した。

「やはり、止めておこう。兵力に置いて我らは圧倒的に有利、すでに付城も完成しておる。正面から正々堂々と平押しで参る。小細工は好かん」

「う……」

小細工と蔑まれた酒井が、わずかに呻ってうつむいた。

「以上である」

と、信長は床几《しょうぎ》を蹴って席を立った。

家康も無表情のまま床几から立ち上がった。酒井の傍らを過ぎるとき、彼の肩をそっと叩いた。

諸将も皆、席を立って去った。一人残った酒井は、衆目の面前で「小細工」とこきおろされたことに憤慨し、怒りを抑えていた。

「左衛門尉様」

誰かが声をかけてきた。

「おう、平八か……」

本多平八郎は、酒井の隣の床几に座り、顔を寄せ、小声で囁《ささや》いた。

「ワシの家臣に、滅法、夜目の利く男がおりまする。信長はああ言ったが、鳶ヶ巣砦への奇襲策、感じ入ってござる。左衛門尉様とも思えぬ妙手なり」

「たァけ。無礼者が」

と、睨んだ酒井の口元はほころんでいた。

「御家老、我らだけでも、是非やりましょう。このままだと、高松山と天王山で睨み合うだけで未来永劫《みらいえいごう》戦機は熟さぬ。信長は勝頼との決戦を避ける肚と、ワシは睨んでおりまする」

「よう申した。ここだけの話な」

酒井は、さらに顔を寄せ、声を絞った。

「我が殿もそこを案じておられる。実はこの奇襲策、発案者は殿じゃ」

「おお！」

「勝頼の尻を蹴り飛ばしてでも、天王山から設楽原に下ろす。さすれば信長も押し出してこざるをえんだろう。主戦場は、あくまでも設楽原じゃ」

「委細承知ッ！　やるまいかァ！」

平八郎が歓喜して跳び上がったとき——

「酒井殿」

と、背後から低く声がかかった。

金森長近《かなもりながちか》という信長の側近だ。冷静沈着な賢人——酒井と馬が合いそうな男である。平八郎とは、多分合わない。

金森は、信長が酒井を呼んでいるという。

「はて？」

首を傾げながら、信長の天幕へと急いだ。

「左衛門尉」

上段から信長が睨みつけた。

「鳶ヶ巣砦奇襲の策、妙案である」

「はあ？」

酒井は少し混乱した。小細工は嫌いではなかったのか？

「左衛門尉よ」

酒井の戸惑いを察した信長が苦笑した。

「軍議での『小細工』云々《うんぬん》は目くらましと思え。敵を欺《あざむ》くには、まず味方からと申すではないか」

「はッ」

と、首を垂れた。

「明朝、辰《たつ》の下刻（午前八時頃）までに鳶ヶ巣砦を落とせ。この金森に兵二千と鉄砲五百をつけ、お前に寄騎させる」

「ご、五百！」

五百丁の鉄砲と言えば厖大《ぼうだい》な数だ。ざっくり、所領一万石当たり二十丁の保有として、二十五万石の大名の鉄砲保有数に匹敵する。酒井が胆をつぶしたのも無理はない。

「やるからには徹底してやれ。砦を落とした後は西へ進み、勝頼の尻に嚙みつけ。もし勝頼が設楽原に下りてくればしめたものよ。左衛門尉、ワシは本陣を茶《ちゃ》臼山《うすやま》に進めて待っておるぞ。明日こそ武田を、根切りにしてくれるわ！」

「ははッ」

ふたたび首を垂れ、下を向いた酒井の口元がわずかに緩んだ。

いかなる経緯かは不明だ。信長の気が変わったのか？　言葉の通り、初手から秘密を守るための芝居だったのかは分からない。ただ、現在の信長が、やる気になっていることだけは間違いなさそうだ。

豊川界隈の物見から戻り、疲れ果てた茂兵衛は、二十日の午後の間、死んだように眠った。彼を目の仇にし、隙あらばこき使おうとする松平伊忠が、信長本陣での軍議に呼ばれて留守だったのだ。

「旦那様、旦那様」

三十郎に肩を叩かれ、深い眠りから覚めた。

「う、うん？」

「軍議にございます。善四郎様が呼んでおられます」

極楽寺山での合同軍議に参加したのは、家康と番頭《ばんがしら》以上の重臣《おとな》たちのみであった。家康は、今後の方針を全軍と共有するために、徳川内部でも別途に軍議を持つことにしたのだ。

ちなみに、番頭は本来の侍である騎馬武者を率い、物頭《ものがしら》は徒侍や足軽を率いた。平八郎は番頭で、善四郎は物頭である。当然、番頭の方が格式は上で、侍大将と呼ばれることも多い。物頭は足軽大将とも呼ばれた。

茂兵衛は二刻半（約五時間）ほど眠りこけていたようだ。傍で見守っていた富士之介によれば、寝返り一つ打たなかったらしい。

(道理で、節々が痛むはずだら)

痛む背中や関節を騙し騙し、老人のようにトボトボと歩いて、家康の天幕へと向かった。

鳶ヶ巣砦奇襲隊の陣容は以下の通りだ。

総大将は酒井忠次で、副将格は田原城主《たはらじよう》の本多広孝である。総員は四千名。金森長近率いる織田勢が二千、その内の五百は鉄砲隊である。酒井と広孝が率いる東三河衆が二千だ。その中に、徳川の先手鉄砲組が二組と善四郎指揮の先手弓組が、松平伊忠に率いられて同道することになっている。

そしてもう一人——夜間の行軍となればこの男は外せない。夜目の滅法利く植田丑松である。

「兄《あに》ィ、辰蔵!」

「よお、丑松、生きとったか!」

野田城詰めになったのは昨年の十月だ。浜松城詰めの丑松とは八ヶ月(天正《てんしよう》二年には閏《うるう》十一月がある)ほど会っていない。辰蔵共々、旧交を温め、近況を報告しあった。

(丑松と八ヶ月会ってないということは、寿美ともそれだけ会ってねェことにな

る ら）

新婚生活の半分は分かれ分かれで暮らしている。この戦《いくさ》が終わったら、浜松に帰り、ちゃんと女房孝行をせねばなるまい。

戌《いぬ》の下刻（午後八時頃）、金森隊が高松山の徳川本陣へ到着し、酒井隊と合流した。合印《あいいん》をつけたり、符丁《あいことば》を決めたりした後、奇襲隊は静かに本陣を発った。

連吾川が豊川に流れ込む広瀬には、白波がたつ浅瀬があり、そこを渡って、さらに南下した。

奇襲の成否は静謐《せいひつ》にかかっている。要は、隠密行動を取り、相手に気取られないか否かで決まるのだ。

酒井は兵たちに、甲冑の草摺《くさずり》がこすれて音を立てぬよう縄で簡単に縛ること、行軍中は私語厳禁であることを徹底させた。通常なら馬の嘶《いなな》きにも注意を払うものだが、今回は山道に入るところで馬はすべて返してしまう。全員が徒侍《かちざむらい》となって山中を行軍するのだ。

広瀬の南の日吉《ひよし》から先は、右手に大入川《おおにゅうがわ》を見ながら四半里（約一キロ）ほど、道は徐々に上った。吉川村《よしかわむら》で騎乗の者も馬を下りた。茂兵衛の愛馬青梅は、ここから三十郎が引いて帰る。

「旦那様、御無事で」

別れ際、三十郎は涙ぐんでいた。この先も従者として、足軽装束で茂兵衛に付き従う富士之介とも「また会おう」「旦那様を頼む」と言葉を交わしている。

「もし俺になんぞあったら、後のことは善四郎様か辰蔵に相談しろ。ええな。おまんも気をつけて帰れ」

と、後事を託してから送り出した。

幾度も振り返りながら、三十郎と青梅は闇の中へと消えていった。茂兵衛は、義父の五郎右衛門に「馬も人も、ええのを斡旋してくれたら」と深く感謝した。

いよいよ左に折れて山道へと分け入った。暗い森の中を進む、ほんの杣道《そまみち》である。

吉川村から先は、地元の郷士である豊田藤助が道案内に立った。

曇天《どんてん》であり、雨は落ちてこない。しかし、昨日までの雨で足元はぬかるんでいる。さらには月明かりや星明かりがないので、森の中は墨を流したような闇だ。

奇襲隊は皆、甲冑の背中に白い布を着け、合印としている。周囲がまったく見えないときは、前の者の合印のみが道標《みちしるべ》となった。

豊田は、丑松と組んで先頭に立ち、冷静に道案内役を果たしていた。三十過ぎの大柄な男で、代々吉川村に盤踞《ばんきよ》してきたという。

豊田は、分岐や迷い易い場所になると、白い紐を大木の幹に結びつけ、正しい進路を後続部隊に示しながら進み、松山越《まつやまごえ》(峠)を目指した。

松山越は、西の船着山《ふなつきやま》、東の常寒山《とこさぶやま》を繫ぐ尾根の鞍部である。今回の行程での最高地点だ。吉川村からの比高は八十丈(約二百四十メートル)ほどある。

松山越を下ったところに、地元で牛蒡椎《ぼぼうじ》と呼ばれるやや開けた場所があり、酒井はそこで行軍を止め、後続の到着を待った。

鳶ヶ巣砦は、大小五つの砦が曲輪《くるわ》のように連なり、全体が一つの城塞として機能する構造になっている。南から順番に久間山《ひさまやま》砦、中山《なかやま》砦、鳶ヶ巣砦、姥ヶ懐《うばふところ》砦、君ヶ臥床《きみふしど》砦だ。総大将は勝頼の叔父である武田信実《たけだのぶざね》であり、鳶ヶ巣砦を守っていた。

「五つの砦を同時に攻めようと思う」

酒井は、金森や広孝、伊忠などを呼び、策を伝えた。

それぞれに襲う砦を指定し、兵や鉄砲を割り振った。

三

卯《う》の上刻（午前五時頃）、奇襲隊は鳶ヶ巣砦を見下ろす山の頂きに立った。

酒井忠次が率いる手勢八百と松平伊忠が率いる弓隊、鉄砲隊である。

他の四つの支砦《しさい》には、金森長近、本多広孝らが、それぞれ手勢を率いて向かっていた。

「山の頂きから見下ろす」と言っても、比高は十丈（約三十メートル）ほどである。後は曲輪《からぼり》状の平坦地が砦のすぐ裏にまで続いていた。その裏側の守りも貧弱で、浅い環壕と低い土塁、疎《まば》らな柵だけである。見る限りでは逆茂木《さかもぎ》や乱杭《らんぐい》の準備もないようだ。

つまり鳶ヶ巣砦は、背後から攻めかかる敵への配慮を著しく欠いていた。砦の縄張りをした者は「敵は眼下を流れる宇連川《うれがわ》から攻め上がってくる」と端から決めつけていたらしい。

（ま、無理もねェわ）

と、茂兵衛は武田側に同情した。

勝頼が長篠城を囲んだのは五月一日だ。今日は二十一日。その間、鳶ヶ巣砦を重要な戦略拠点と考えたことはなく、長篠城内を見渡せる監視所、または兵糧や弾丸火薬の集積所ぐらいの位置づけだったのではあるまいか。長篠城を攻めるのは、あくまでも北側からなのだから。要は、長篠城から見える側だけを砦らしく見せれば十分で、武田勢は、この砦に籠って戦うことなど夢想だにしていなかったはずだ。

(二十日前までは、ここは城でも砦でもなかったんだら。ここは、元々狼煙場《のろしば》だったんだからな)

二年前、茂兵衛は鳶ヶ巣に一度来ている。平八郎に率いられ、長篠菅沼の狼煙台を破壊しに上って来たのだ。あの頃は木立に囲まれていたが、現在、周囲の木々はきれいに伐り払われている。攻められたとき、攻城側の遮蔽物として使われないための心得だ。

(それだけでも、武田の兵たちは大汗をかいたはずだら)

次の命を待ちながら、茂兵衛はそんなことを考えていた。

「おまん、怖いのか？　震えとるがね」

辰蔵が、富士之介をからかって笑った。

「ま、まさか……木戸様の方こそ、震えておられるのでは？　震えとるから、手前が震えとるように見えるのですら」

と、富士之介がやり返した。

（ほうか、富士之介は、実際に敵とやり合うのはこれが初めてか）

二年前の天正元年（一五七三）に、茂兵衛の奉公人となった富士之介である。以来、出陣や従軍は数々あれど、不思議に戦端は開かれなかったのだ。高天神城しかり、野田城しかり、昨年の曳馬宿《ひくまじゆく》の焼き討ちしかりである。

「おい、富士之介」

「へい、旦那様」

「俺から離れるな。俺を信じて、俺のゆう通りに動け。そうすれば、無事家に帰れる。ええな」

「へ、へい」

槍を持ち、鉄笠を被った富士之介が、緊張の面持ちで頷いた。

「静かに下りて、鉄砲隊を展開させよう」

酒井は、伊忠以下の主だった指揮官を集め、砦の攻め方を確認した。

「二度か三度の斉射で城兵を撃ちすくめた後、槍隊を突っ込ませる、よいな」

酒井の策は穏当なものであった。異論はない。

「善四郎殿」

酒井が、善四郎に向き直った。

「はッ」

「貴公の弓組、火矢の準備があれば、射こんで欲しい」

鳶ヶ巣砦とその支砦群は、兵糧庫と弾薬庫を兼ねている。この奇襲の戦略上の意義が「勝頼の尻を蹴り飛ばし、天王山から設楽原に下らせる」にあるとすれば、鳶ヶ巣を焼く煙は、勝頼を精神的に追い詰めるはずだ。

奇襲隊は、卯の下刻（午前六時頃）までには展開を終えたが、さすがに城兵も敵の接近に気づいたようで、砦内で幾つも警戒の声がして、柵にバラバラと人が配置された。

（大した数はいねェ。精々二百がええところだら）

茂兵衛は、砦内の動きから凡《およ》その数を目算した。周囲では善四郎麾下《きか》の弓足軽たちが、すでに火矢の準備を終え、待機している。

「放てッ！」

まず発砲したのは、伊忠が率いる先手鉄砲隊の六十丁であった。

ダンダンダン、ダンダン。

遅れじと、織田鉄砲隊の百丁も火を噴く。

ダンダン、ダンダンダン、ダン。

周囲に白煙が立ち込め、しばらく漂った。

「風はないぞ。建物の屋根を真っすぐに狙え！」

善四郎が、白煙の動きを読んで、配下の弓足軽たちに命じた。先手の弓頭《ゆみがしら》が、めっきり板についてきた。

「放てッ」

ヒョウッ。

三十本の火矢が放たれ、風を切って城内へと飛んだ。空中の火矢は炎が消えたように見える。しかし、一旦刺されば、炎はまた勢いを増すから大丈夫だ。

ひとしきり鉄砲と火矢での攻撃が続いた後、酒井の采配が大きく振られ、総攻撃となった。

「それ、突っ込め！」

茂兵衛は槍を構え、先頭に立って駆けだした。富士之介がまず続き、辰蔵組と服部組の二十人が鬨を作ってその後に続いた。

「左の柵が手薄だら。左に集中せぇ」

狙い目の場所を指し示しながら、走りに走った。

山の頂きから見た通りで、環壕は浅く、逆茂木も乱杭も備えていなかった。

チュイ―――ン。

兜のすぐ上を、後方からの味方の銃弾が呻りをあげて飛び去った。首をすくめ、まずは壕の底へと飛び降りた。富士之介も飛び降りてきた。

「死ねッ」

「え？」

見上げた茂兵衛の顔に向けて、長柄槍《ながえのやり》の穂先が飛んできた。

「はうっ」

一瞬、体を捻って穂先をかわし、空を切った槍の太刀打《たちうち》の辺りを、左腕で抱え込むようにして摑んだ。

土塁の上と下で「綱引き」ならぬ「槍引き」となった。手を離すと突き殺されかねないので茂兵衛としても必死である。

「こら富士之介、ボウッと見てないで俺の槍を持っとれ」

「へ、へい」

富士之介が主人の持槍を受取り、茂兵衛が両手で敵槍を摑んだそのとき——

「があッ」

土塁上の足軽が、口から血を吐きながら仰向けに倒れ、茂兵衛の視界から消えた。徳川勢の銃弾が土塁上で目立っていた足軽に命中したのだ。

「よし、上るぞ」

茂兵衛は、死んだ敵の槍の穂先を環壕の底の地面に深々と突き刺して固定した。富士之介から渡された持槍を右腕に抱え、左手で敵槍の柄を摑み、まるで槍の柄を上るようにして土塁をよじ上った。

土塁上には柵が立てられていた。

横木が渡してあるが、荒縄で縛りつけているだけのようだ。脇差を抜き、荒縄を切り始めた。

ふと見れば、先ほど「槍引き」を競った足軽が柵の内側に倒れている。目を見開き、大の字となり、口から血を流している。喉の真ん中には、弾が入った穴が見て取れた。

バスッ。

柵の丸太に銃弾がめり込んだ。飛んできた方向からすれば味方の弾だ。

「背中の合印を味方によく見せろ。味方から撃たれるぞ」

「へい、旦那様」

甲冑の背中に結び付けている合印の白布を、味方の鉄砲隊からよく見えるように気を配った。富士之介もそれに倣《なら》う。武田勢と見做《みな》されて誤射されるのは御免だ。ただ、火縄銃の命中精度は低い。引鉄《ひきがね》を引いたら最後、弾はどこへ飛ぶやら分からない。流れ弾に当たる恐れもなくはない。

柵の横木を蹴って外し、砦内へと侵入した。

見る限りは一番乗りである。感状が出るやも知れない。奉公人の手前、誇らしかった。茂兵衛と富士之介に続き、辰蔵組、服部組の足軽たちが続々と砦内に侵入してきた。

「だ、旦那様、あれ！」

「ん？」

振り返れば、二十名ほどの敵兵が槍の穂先を揃え、こちらへ向かい突っ込んでくる。前からは押し寄せる槍衾《やりぶすま》、背後は柵、逃げ道がない。ここは戦うのみだ。

「こちらも槍衾で応戦する！　横一列、槍構ぇ！」

先手弓組の槍足軽たちは選抜された精鋭揃いである。辰蔵と服部も小頭として腕がいい。瞬時に横隊を組み、一糸乱れずに槍を構えて迎撃態勢をとった。一気に突っ込んできた敵も、茂兵衛たちが態勢を整えたことで足を止めた。互いに槍衾の威力を知り尽くしているのだ。

双方、槍を構えたまま睨み合いとなった。自然、罵倒の言葉が出る。

「甲斐《かい》の山猿どもが！　森で虫でも食っとれ！」

「うすばかめ！　三方ヶ原を忘れたか！」

「その三方ヶ原の仇討《あだうち》にきたのよ！　おまんら、皆殺しだら」

やがて、互いに槍を振り上げての叩き合いとなった。

ゴンゴンと、ひたすら叩き合う。延々と殴り合う。双方幾人かが気を失って崩れ落ちた。たとえ鉄笠の上からでも、重さ一貫（三・七五キロ）、長さ一間半（約二百七十センチ）の槍で思い切り殴られれば、頸椎《けいつい》や背骨を傷めるのだ。

戦う意欲はほぼ互角だったが、攻城側はどんどん味方が増える。城兵側は減る一方だ。いつしか二十名の甲州《こうしゅう》勢は取り囲まれてしまった。

「勝負あった。槍を捨てい。降伏せよ」

降伏を迫ったが、茂兵衛の恩情に対する城兵の答えは——

「だっちもねェ！　死んだる」

と、突っ込んできたものだから、数倍の攻城方が押し包み、瞬時に全員を突き殺してしまった。命乞いをする者は、誰一人としていなかった。

(山猿どもにしては、天晴《あっぱ》れな最期だら……ナンマンダブ、ナンマンダブ)

その後も、幾度か激しい抵抗に遭ったものの、数に勝る攻め手は、徐々に鳶ヶ巣砦を制圧していった。

「そこは駄目じゃ」

小屋の前で、松明《たいまつ》を持った善四郎が叫んでいる。槍の腕に自信のない善四郎は、配下の弓足軽たちを率い、砦内の建物を焼却する役目に徹しているようだ。

「ここは火薬庫じゃ。火をつけると大爆発を起こすぞ」

「お頭」

茂兵衛が駆け寄り、若い指揮官に耳打ちした。

「大丈夫、火をつけて下され。鉄砲の黒色火薬《たまぐすり》は、あらかじめ突き固めねば爆発致しません。火をつけてもバチバチと燃えるだけにござる」

「そうなのか、では遠慮なく……前言は取り消し。小屋に火を放て!」

義弟が無知を恥じることもなく、大声で命じた。

(ハハハ、堂々としたもんだら。これでええがね)

人が人として生きれば、失態や恥、悪名は付き物だ。それをシラッと受け流せるか、イジイジと考え込んでしまうのかで、その後の人生は大きく違ってくる。善四郎は「二俣城《ふたまたじょう》落城の恥を雪《そそ》ぐことなく、のうのうと生き長らえている」との陰口を気にしていた。

（気にしなきゃええんだら。陰口ごときに、人を殺す力はねェ）

強右衛門の壮絶な最期が、英雄的な死が、善四郎を大人に変えたのだ。茂兵衛は、ひと皮剝《む》けた義弟を頼もしく眺めていた。

鳶ヶ巣砦の攻城戦で、奇襲隊は砦を占拠した上に、主将の武田信実と副将格の小宮山信近《こみやまのぶちか》を討ち取った。

他の支砦の戦況を含め、酒井奇襲隊の完勝であった。

酒井は次なる戦略目標である「勝頼本隊を挟撃し、天王山から設楽原へと追い落とす」を達成するため、鳶ヶ巣山の砦群を焼き払うと、追撃を命じ、山を駆け下った。

四

二十一日未明、勝頼は一旦、天王山の東方、谷を一つ隔てた才ノ神《さいかみ》と呼ばれる高台に本陣を移し、その後、さらに天王山にまで陣を進めた。南西側、ほんの四半里（約一キロ）には高松山の家康本陣が望まれ、まさに最前線である。

実は勝頼、このまま丘を駆け下り、家康と雌雄を決すべきか、決めかねていた。徳川の背後にいる織田勢の規模を摑めずにいたからだ。

設楽原は、小高い丘と低地が、うねうねと連なる丘陵地帯である。手前の丘が邪魔をし、奥が見通せない。幾度も物見を出すことで、高松山の徳川勢と、その北部の大宮川に布陣する羽柴秀吉《はしばひでよし》、滝川一益らの兵力は正確に摑んだが、さらに後方に身を潜めているであろう信長本隊の数が知れない。

（意外に少ないのやも知れん。信長とは、そういう男だからのう）

と、勝頼は考えていた。事実、信長はつい先日も、わずか兵一万を連れ、三好攻めに赴いたではないか。

（信長は自惚《うぬぼ》れている。世の中をなめておる）

徳川勢が、苦労して付城を築いたのも、後詰めの信長が頼りにならないことの証とも言える。もし数万の後ろ盾があれば、平押しで進めばいい。兵を疲労させ銭もかかる付城などわざわざ作る必要はないはずだ。

十九日の軍議以来、山縣、馬場ら重臣たちは信長を恐れ、撤退を進言するが、勝頼には眼前の敵が、張子の虎であるように思えてならなかった。

ドーンドーン、ドドンドン。

卯の下刻(午前六時頃)、東方から異様な数の発砲音が聞こえてきた。

「長篠城の方角からじゃな」

朝靄の中、両軍が上げる鬨の声、銃声はその後も間断なく続いた。戦闘は続いているらしい。当初勝頼は、長篠の城兵が、遮二無二打って出たと推測した。

やがて煙が広範囲から立ち上り始めた。使番が駆け込んできて、鳶ヶ巣砦以下五つの城塞が奇襲を受け、劣勢に立たされている旨を伝えた。

「なんと！　敵奇襲隊の規模は？」

勝頼は床几から立ち上がった。

「正確な数は知れませぬが、鉄砲の数が尋常ではなく」

「どれほどか⁉」

「五つある砦に、それぞれ百から二百の鉄砲が撃ちかけております。一度か二度の斉射で、我が方の城兵が戦意を喪失するほどの数にございまする」

勝頼が鳶ヶ巣以下の五つの砦に残してきた兵力はわずか千人ほどだ。飛び道具で重武装した部隊に奇襲されれば、ひとたまりもないだろう。鳶ヶ巣山を制圧すれば、奇襲隊は、長篠城兵と合流し、やがてこちらへ進んでくるはずだ。武田勢は挟撃される。

（ただ、ものは考えようじゃ）

と、勝頼は思った。

長篠城にも鉄砲は多かった。勝頼自身が攻めあぐねたのはそのためだ。おそらく二百丁はあったろう。そして今、鳶ヶ巣砦に多くの鉄砲を割《さ》いている。使番は「五つの砦それぞれに、百から二百」と言った。では仮に、総数は五百丁だとしよう。長篠城の二百と合流すれば七百丁だ。

（かりに信長と家康が、この戦に千丁もの鉄砲を振り向けていたとしても、現在眼前の敵軍の鉄砲数は三百程度ということになりはしないか）

三百の鉄砲が、延々と半里（約二キロ）も続く長城に、疎らに配置されているのだ。単純計算だと三・七間（約六・七メートル）当たりに一丁の割――大したことはない。

（よしッ、いける）

辰の下刻（午前八時頃）、勝頼は背筋を伸ばし、まっすぐ西方を睨んだ。

「徳川の高松山本陣に攻撃を集中させよ。家康の首をもって参れ。かかれ！」

と、大きく采配を振るった。

先陣は、山縣昌景率いる赤備えの騎馬隊である。徳川勢の最右翼、大久保忠世《おおくぼただよ》隊に向けて赤い塊となって突っ込んだ。

しかし、大久保隊は柵の内に籠ったまま出てこない。距離は一町（約百九メートル）、半町（約五十五メートル）、どんどん近づく。それでも柵の中には動きがない。もし鉄砲があれば早目に一発撃って、敵が押し寄せるまでに、二発、三発と撃ち込むのが心得のはずだ。それが撃ってこないということは——

（よしッ、勝頼公の読みは当たった）

面頬の中で山縣は相好《そうごう》を崩した。

信長と家康は、長篠城防衛や鳶ヶ巣砦の攻撃に鉄砲を割き過ぎた。付城内にはもう幾らも鉄砲は残っていないのだ。

このとき山縣の脳裏には、柵を蹴倒し、付城内に雪崩《なだ》れ込む騎馬隊の勇姿が見えていたはずだ。

ダンダン、ダンダンダンダン。

柵の内から斉射がきた。轟音とともに、延々と続く付城の柵が白い硝煙で覆い隠された。もの凄い数だ。山縣の周囲で故信玄に鍛え上げられた猛者《もさ》たちが、己が甲冑と同じ色の液体を吐いて蹲まった。

ただ、一度鉄砲の斉射がきたら、弾込めの間隙《かんげき》を狙って突っ込むのが心得だ。

「ひるむな、今じゃ、進め」

山縣の味方を鼓舞する怒鳴り声が、二度目の斉射によりかき消された。

ダンダン、ダンダンダンダン。

馬が二発の銃弾を受け、前脚から崩れ落ちる。山縣は馬の前方へと放り出された。数名の足軽が駆け寄り、侍大将を助け起こした。

「な、なんじゃあれは……」

顔を上げた山縣が見たものは、柵の中から間断なく撃ち続ける鉄砲、鉄砲、鉄砲……

「もらったァ」

（や、奴ら、どれだけの鉄砲を持ち込んどるのか……）

さしもの猛将も、絶望感に打ちひしがれた。

山縣隊に限らず、武田の騎馬隊は、馬防柵に引っかかり、切岸、土塁に難渋するところを、織田徳川の鉄砲や弓に射すくめられ、徐々に数を減らしていった。

野戦《のいくさ》における弓隊と鉄砲隊の弱点は、機動力の無さにある。

一旦敵に押され、味方が下がれば、弓隊鉄砲隊は逃げ遅れ、敵中に置き去りにされてしまう。鉄砲は高価な戦略物資であり、弓足軽は養成に時が要る代えの利かない専門職だ。彼らを守るために槍足軽隊が付属してはいるが、その防御力は高が知れていた。

信長考案の付城は、決して籠城や長期戦に備える要塞ではなかった。西洋兵学に言う野戦陣地に近い新機軸である。戦場の真ん中に簡易な陣地を築くことで、鉄砲隊と弓隊の機動力の無さを補い、強力な破壊力を持つ彼らを不安なく最前線に投入することを可能にした、謂《い》わば、飛び道具を野戦に使うための使い捨ての陣地だったわけだ。

ただ、同盟軍の徳川勢ですら、付城の用途を、信長は武田騎馬隊を恐れ籠城戦を志向していると、戦意を疑っていたほどだ。まいてや武田勢が新規な発想を見抜けなかったとしても、あまり責められない。

（そんなはずはない）

（今までは、やれていたことだ）

――そんな思いが、武田勢を絶望的な突貫へと駆り立てていた。

五

一方、鳶ヶ巣山である。

生き残った武田方の城兵は当初、北東にある乗本村《のりもとむら》に向け山を駆け下った。そのまま伊那街道《いなかいどう》（現在の国道百五十一号）へ出て北上、新野峠《にいのとうげ》を目指すやに見えた。新野峠の先、信州伊那谷はここ二十年来の武田領である。

しかし、鳶ヶ巣砦の残党たちは逃げなかった。

豊川を渡り、有海村《あるみむら》で待機、東から進撃してきた長篠城包囲隊の小山田昌成《おやまだまさゆき》らと合流したのである。小山田は、譜代家老衆に列せられる武田の重臣だ。

鳶ヶ巣砦の残党を追ってきた酒井忠次は、有海村に集結する武田勢を前にして、一旦兵を止めた。

長篠城包囲のために勝頼が残していた小山田隊は二千人ほどだ。そこへ鳶ヶ巣砦の生き残り五百人が加わった。計二千五百である。おそらく鉄砲は百丁足らずと思われた。対して酒井が指揮するのは、奇襲成功で意気上がる四千の将兵と総計五百六十丁もの鉄砲である。

（一気に蹴散らすか？）

とも思ったが「窮鼠《きゆうそ》猫を噛《か》む」の言葉もある。眼前の二千五百人は、もし自分たちが崩れれば、天王山の勝頼本陣が背後を突かれることをよく知っているはずだ。名にし負う武田武士の意地が怖かった。

（ここは、まず飛び道具で突っついてみるべし）

「鉄砲隊、弓隊、前へ！」

織田の鉄砲隊五百と松平伊忠指揮の先手鉄砲組六十、善四郎の先手弓組三十が、酒井隊の前に進み出て横隊を組んだ。局地戦に、これだけの数の飛び道具が投入されるのは稀有だ。距離は一町（約百九メートル）足らず。おそらく二度か三度の斉射で、小山田隊は撃ちすくめられ、戦意を喪失するだろう。

（その上で、四千人を突っ込ませる。有海《ここ》での戦は、それで終わりじゃ）

周到な酒井の策に遺漏はなかった。

伊忠の号令を復唱する各鉄砲頭の声が次々と響く。

「火蓋を切れッ」

「放てッ」

ダダダン、ダンダン、ダン。

五百六十丁の斉射で、周辺の空気は震え、白濁し、濃密な硝煙に触れた肌がヒリヒリと痛んだ。

「弓隊、放てッ」

ヒョウッ。

若い善四郎の引き裂くような叫び声が響き、鉄砲隊の間隙を埋めるべく、弓隊が次々と矢を射かけた。

「ん！」

酒井隊の右手前方に、五百ほどの軍勢が姿を現し、有海村の小山田隊に向かい進み始めたのだ。

「誰だ？　どこの隊じゃ？」

伊忠は慌てた。野戦で所属不明の部隊が出現する——敵なのか、味方なのか、緊張する瞬間だ。

幟《のぼり》の合印は団扇《うちわ》──奥平党だ。味方だ。長篠城の城兵が、包囲の小山田隊が退くのを見て城を出て追撃してきたのだ。

やがて鬨を作り、奥平党は小山田隊へ向けて突進し始めた。

その突撃を、茂兵衛は、次々と矢を放つ弓隊の背後から、惚れ惚れしながら眺めていた。

（ほう、団扇の幟が同じ方向に向け、きちんと揃っとる。こりゃ、強いがね）

古来「一軍の士気を見たくば幟旗を見よ」と言う。幟旗が揃って前傾していれば、士気の高い強兵であり、不揃いに揺れる軍勢は弱兵と見なされた。

武田は、奥平が差し出していた人質を無惨に殺した。その恨みもあったろう。さらに、鳥居強右衛門の英雄的な死が、城兵一人一人の敵愾心《てきがいしん》に火を点《つ》けていたことも間違いない。いずれにせよ、奥平党の突貫はもの凄かった。

「撃ち方、止めい！　撃ち方、止めい！」

伊忠が配下の飛び道具隊を制した。無闇に撃ち込むと味方である奥平党に当たりかねない。伊忠の声が届かぬところには乙部が走り回って伝えている。深溝松平家の重臣である乙部の戦闘中の配置は、伊忠の傍らなのだろう。

このとき異変が起こった。

静まっていた小山田隊が動いた。それも「決死の奥平党を相手にするのは嫌だ」とでも言わんばかりに、真っすぐ酒井隊に向かって突進してきたのだ。小山田隊には騎馬武者も多い。武田の騎馬隊が突っ込んでくる。

「鉄砲隊、火蓋を切れッ」

伊忠が早口で命じたとき、さらに異変が続いた。

織田の鉄砲隊が一斉に退却し始めたのだ。

「な、なんだと！」

伊忠の隣で乙部があげた絶望的な悲鳴は、茂兵衛にもよく聞こえた。

ただ、馬防柵のない野戦では、早期の撤退はある意味、鉄砲隊指揮官の心得でもあるのだ。

（織田勢にとっては、奥三河の戦いなど所詮、他人事なのだろうさ）

茂兵衛は心中で舌打ちした。

五百の鉄砲隊が退き、最前線に伊忠隊の百五十人が孤立した。

「放てッ」

ダンダンダン、ダンダン。

まずは斉射だ。武田の騎馬武者数騎がもんどり打って落馬した。

「槍隊、前え！　鉄砲隊と弓隊は退け！」

伊忠隊百五十名のうち、鉄砲足軽、弓足軽以外の六十名は槍足軽である。接近戦や乱戦に弱い鉄砲隊、弓隊を守るのが役目だ。いよいよ、茂兵衛たちの出番である。

「槍衾ッ！」

伊忠指揮の下、六十名の槍足軽たちは横隊を組み、片膝を突き、穂先を揃え、槍衾を敷いた。

茂兵衛は背後を振り返って見た。

（左衛門尉様、早う来てくれ！）

酒井が直接率いる東三河勢が押し出してきている。距離一町（約百九メートル）。ただ、撤退する織田勢と鉢合わせ、多少の混乱が生じているようだ。

ここでもう一度、武田の騎馬隊を見た。距離半町（約五十五メートル）。すぐそこだ。確実に敵が先に来るが、それでもほんの少しだけ耐えれば味方も来る。

騎馬隊の第一撃さえ凌げれば、なんとかなる。

「槍の鐺《こじり》を地面に突き刺せ、もみ込め、穂先を揃えろ」

辰蔵と服部が配下の足軽たちを督励《とくれい》して歩いている。茂兵衛はやることがない。有能な部下を持つと上の者は手持無沙汰になる。

背後に人の気配——振り返ると、富士之介が傍らでこちらを見ている。

「なんだ、おまんか……ちったァ戦場に慣れたか？」

「へい、旦那様」

忘れていたが、富士之介はずっと主人の傍に付き従っていたのだろう。

茂兵衛は鉄笠の下の表情を覗きこんだ。緊張してはいるが、目は泳いでいない。ここにきてようやく肚が据わったようだ。頼もしい。騎馬武者の突進を槍衾で止める——おそらくは戦場で最も危険にして、最も勇壮な場面を、富士之介はこれから体験することになる。誰もがそうして一人前の戦士に育っていくのだ。

騎馬隊が目前に迫った。

「たァけ、目を瞑《つぶ》るな！」

辰蔵が配下の足軽を怒鳴りつけた。

「くるぞッ！」

服部が叫んだ。

ドガッ。

鈍い音がして、幾頭かの馬が棹立ちとなり、幾人かの槍足軽が、後方にひっくり返った。

「槍を構え、前え！」

伊忠の叫び声を、小頭たちが次々に復唱し、槍足軽たちは穂先を揃えて前進を始めた。武田の馬も武者も槍衾に突き崩され、騎馬隊は混乱している。そこへ、徳川、武田双方の後続部隊が突っ込んできて大乱戦となった。さらに武田勢の尻には、犠牲になった人質と鳥居強右衛門の弔い合戦に燃える奥平党が執拗に喰らいついて離れない。血と嘶きと怒号——辺りは阿鼻叫喚《あびきようかん》の巷《ちまた》と化した。

乱戦の中、茂兵衛が三人目の敵足軽を突き殺したときだ。

背後から「殿ッ」と悲痛な声が聞こえた。見ると、十間（約十八メートル）先で乙部八兵衛が兜武者二人と槍を交えており、形勢不利な様子だ。

さらに乙部の向こう側で、兜武者が一人、誰かに馬乗りとなり、首を掻こうと脇差を振り上げている。組み敷かれた方も、敵の腕を摑み、激しく抵抗しているようだ。

（乙部が「殿」と呼ぶからには伊忠様だら。でも馬乗りになってる兜武者は伊忠様ではねェ。甲冑が違う。ということは）

「富士之介、来い！」

「へい！」

槍を構えて走り出した。

組み敷かれ、今まさに首を獲られようとしている方が伊忠に相違ない。敵二人を相手にしている乙部は救援に向かえないのだ。

（冗談じゃねェら）

走りながら、茂兵衛は心中で愚痴をこぼした。

（伊忠様にえらく嫌われとる俺が、なんで助けることになるんだよ。いっそ知らぬ顔をして……ま、そうもいかねェか）

三河一向一揆で一揆側に立った夏目次郎左衛門を家康にとりなし、不問に付すべく動いてくれたのは他でもない伊忠である。次郎左衛門が茂兵衛の恩人なら、伊忠は恩人の恩人だ。もし、自分がこの場で伊忠を見捨てたら、あの世で次郎左衛門に合わせる顔がない。

「と、殿がやられる！　俺も危ない！」

「承知！　俺に任せろ！　でも、おまんは後じゃ」

と、乙部の後方を素通りし、伊忠に馬乗りとなっている兜武者を、槍を横に振って薙《な》ぎ倒した。仰向けに倒れた兜武者の喉垂《たれ》が、わずかに撥ね上がるのを見逃さず、穂先をブスリと刺し込んだ。

「主殿介様、御無事で？」

「おお、植田か……」

伊忠は下っ腹に深手を負っていた。揺糸《ゆらぎのいと》の辺りを狙われたようだ。

兜の忍緒《しのびのお》を切断し、兜と面頬を外し、呼吸を楽にしてやった。

「主殿介様、傷は浅うございます。お気を確かに」

血の流れ方と分量を見れば、傷が深刻なのは明白だが、それを告げても詮無いことである。

「た、たァけ」

また叱られるのかと身をすくめた。

「ワ、ワシより八兵衛を助けてやってくれ。どうにも分が悪そうじゃ」

うっかり八兵衛のことを忘れていた。

「では御免」

と、槍を取り、乙部の助太刀に向かおうとして、大きな物体に衝突した。

「ふ、富士之介、なにをしておる？」

「へい、ついて来いと仰ったから」

忠実である。叱ってはならない。

「よし、よくやった。俺は今から用事を済ませてくる。それまで、主殿介様の面倒を見ておけ、ええな」

「へい、旦那様」

忠実な従者が頷いた。

乙部は、兜武者二人を相手に苦戦中であった。

「八兵衛、助太刀致す」

「お、遅いぞ、茂兵衛！」

「おまんの殿様、死にかかっとるぞ。早うゆけ！」

「茂兵衛すまん。ここは任せた」

と、乙部が離脱し、茂兵衛は二人の兜武者を相手にすることになった。

一人は痩せて長身。一人は肩幅の広い小柄な武士である。二人とも、漆の剝げかかった具足に、古風な星兜を被っている。尾張衆の煌《きら》びやかな甲冑姿とは大違いだ。

（ふん、俺ら三河衆の甲冑と変わらねェ……新しもの好きで派手な尾張衆より、コイツ等の方が、よほど話が合うやも知れんなァ）

そうも思ったが、今は尾張衆が味方で、武田勢は敵だ。

「やッ」

と、敵が突いてきた。難なくかわす。

(うん、この手ごたえ……大したこたァねぇら)

乙部は決して弱くはないが、それでも茂兵衛と比べれば、槍遣いとしては格が落ちる。その乙部を二人がかりで倒せないのだから、相手になっているこの二人組は大した腕ではないということだ。

まず、長軀の面頰を正面から突いた。穂先は刺さらなかったが、相手は仰け反って尻もちを突いた。すかさず草摺と佩楯《はいだて》の間、太股の内側を深々とえぐってやった。太い血の管を切っていれば致命傷だが、そうではなくとも、しばらくは動けまい。その間にもう一人を料理しよう。

槍を振り回して、横に薙ぎ、短軀の兜武者に叩きつけた。よろけたところを上から叩く。野良で鍬《くわ》を振るう要領だ。

ゴン、ゴン、ゴン。

三発目でふらつき、膝を突いた。茂兵衛は攻撃の手を緩めない。槍を横に振り、薙ぎ倒した。だらしなく伸びた下腹、揺糸の辺りに穂先を突き刺し、グイッと捻った。最後の一捻りは、相手の傷を大きくする心得だ。即死はしなくとも、これで勝負あった。

長軀の兜武者は、下半身を己が血で真っ赤に染め、今はぐったりとしている。止めを刺すまでもあるまい。いずれ死ぬ。

茂兵衛は伊忠のところへ駆け寄った。

「殿……」

乙部が涙を流すのを初めて見た。伊忠はまだ生きていたが、誰の目にも死が迫っていることは明らかだった。

「植田、二人とも倒したのか？」

「はッ」

「おまんは、強いのう」

「………」

「十二年前、野場城を攻めた折、城兵の中に一人、大きくて強い足軽がおると皆が恐れてな。おまん、横山軍兵衛《ぐんべえ》を討ち取ったのか？」

「も、申しわけございません」

横山軍兵衛は伊忠の家臣であった。茂兵衛は激闘の末に彼を討ち取り、その遺児の左馬之助から強烈に恨まれている。

「あの頃、おまんは幾つだった？」

「十七にございました」

「なんと。今の家忠《いえただ》より四つも若かったのか」

家忠とは伊忠の継嗣《けいし》である。

「植田、おまんに辛く当たったが、許せ」

「い、いえ」

「あれには訳があったのだ――」

徳川家内には、農民上がりの茂兵衛の出世を快く思わぬ連中も多い。御一門の娘を娶《めと》ったことも嫉妬心を煽っただろう。伊忠の耳にも様々な悪口や讒言《ざんげん》が入ったのは想像に難くない。

「男の嫉妬は恐ろしいからのう」

と、伊忠は寂しげに笑った。

伊忠は考えた。茂兵衛を「男の嫉妬」で潰さぬためには、名門子弟たちの不満を御一門衆である自分が肩代わりし、茂兵衛に辛く当たるのが得策だと。上役から酷く扱われる茂兵衛を見れば、彼を毛嫌いする者たちの留飲は下がるだろう。自然、茂兵衛への風当たりは弱まるはずだ。

「ただな」

瀕死の伊忠が、茂兵衛を睨んだ。

「今後おまんは、誰よりも身を慎まねばならんぞ。軍律無視の独断専行など二度と致すな」

伊忠は、鳥居強右衛門を報告なしに岡崎城へ同道したことを言っている――すぐに察しがついた。

「おまんを快く思わん者たちに付け入る隙を与えるぞ、ええな！」

「はッ」

返す言葉が見つからず、只管《ひたすら》頭を下げた。

(俺には運がないとは二度と思うまい。夏目様、大久保様、榊原様、平八郎様、善四郎様、そして、この伊忠様……俺は、上役に恵まれたァ)

「野場城か……懐かしいのう。あの世で、夏目次郎左衛門殿と再会するのが楽しみじゃ」

そう呟いた後、伊忠は乙部へ向きなおり、継嗣の家忠に伝えて欲しいと「これからの武士は学問をせよ」との遺言を残し、静かに目を閉じた。

深溝松平家三代目当主松平伊忠、享年三十九。

その後、小山田隊は総崩れとなり、勝頼が本陣を置く天王山へ向け敗走し始めた。信長の注文通りである。

「追撃せよ！　このまま天王山まで突っ走れ！　勝頼を設楽原へ追い落とせ！」

酒井隊四千と奥平党五百は、一丸となって半里（約二キロ）西方の勝頼本陣に向けて走り始めた。

六

一方、設楽原である。

表面上、馬防柵への突撃を繰り返し、攻めているのは武田勢のようだが、その数は激減し、生き残った者も多くは満身創痍《まんしんそうい》であった。戦国最強と称賛された武田武者の矜持だけが、彼らを支えていた。

昼前には、敗残の小山田隊を追う酒井隊が東方から押し寄せ、勝頼が本陣を敷く天王山に攻撃をしかけてきた。

布陣した五百六十丁の大鉄砲隊が、山頂の勝頼本陣に向け銃弾を撃ち込むと、その轟音は、天王山を隔てた設楽原にもよく聞こえた。

「よし、左衛門尉が勝頼の尻に嚙みついたぞ！　全軍、馬防柵から出でよ！　武田勢を蹴散らせ！」

いつの間にか、後方の茶臼山を駆け下り、馬防柵際の最前線——高松山まで本陣を進めていた信長が叫んだ。

「天王山に駆け上り、勝頼の首を持って来い！」

と、床几を蹴って跳び上がり、采配を頭上で振り回した。

「うォ——————ッ」

高松山の麓、南北半里（約二キロ）に渡って延びる馬防柵内で、満を持していた織田徳川勢が、鬨を作り——否、咆哮《ほうこう》して柵から飛び出した。

全軍三万八千のうち、おそらくは三万に近い数が、この場所に集まっていた。

——武田の息の根を己が手で止める。

功名心が馬防柵内に充満していた。それが一気に狭い設楽原に噴出したのだ。

対岸の天王山山頂からは、あたかも山が崩れ、流れ下った土石流が平野に広がる恐ろしい様にも見えたのではあるまいか。

未《ひつじ》の下刻（午後二時頃）、ついに勝頼が北へ向けて退却を開始した。

総大将を逃がそうと、信玄以来の猛将たちが追撃する織田徳川勢の前に立ちはだかった。

壮絶で悲惨な撤退戦が展開され、武田四天王のうち、内藤修理、馬場信春が乱戦の中で討死した。

四天王のもう一人、山縣昌景もまた死を覚悟していた。

腕と肩に二発の銃弾を受け、左腕は完全に麻痺している。ただ、意気は軒昂《けんこう》そのもので、まだまだ戦うつもりだ。

現在、彼にとっての至上命題は、勝頼を守ること。生きて設楽原から落ち延びさせることしかない。

山縣は、連吾川の東、わずか一町半（約百六十四メートル）の地点で兵を止めた。総員を下馬させ、足軽とともに槍衾を敷かせた。

「この場所で食い止める。勝頼公が退かれるまで時を稼ぐ」

信愛なる赤備えの将兵たちにそう告げたのだ。

山縣にとって、勝頼は主人である。異論の余地はない。ただ勝頼は「御屋形様」ではなかった。山縣にとっての「御屋形様」は、あくまでも故信玄ただ一人だったのである。

山縣は小柄な上に、上唇に大きな欠損部があり「まるで猿のような」との陰口をよく叩かれたものだ。鏡などは見ねば済むが、顔を洗うときなどに、うっかり止水《しすい》に映る己が顔を見てしまうことがある。

（ふん、なるほど……猿の方がまだ美男かも知れんな）

と、自分で自分の容貌に嫌悪感を抱いたものだ。

若い頃は気分が抑鬱し、陰気で朋輩もいなかった自分を、侍大将に抜擢し、名誉ある「赤備え」軍団の指揮を任せてくれたのは他ならぬ信玄だ。

その信玄の最後の言葉はうわ言であった。熱に浮かされ、意識が混濁し、最後の最後に口走った言葉は――

「昌景、明日は瀬田《せた》に我が旗を立てよ」

――山縣は、その場から庭に駆け下りた。信玄の最後の言葉に、自分の名が出たことに只管《ひたすら》恐縮していた。山縣は、松の老木にすがって慟哭した。

ちなみに、瀬田は琵琶湖畔《びわこはん》の地名で、京都へと攻め上る軍事上の拠点である。

思えば、あの瞬間から本日の死は決まっていたのかも知れない。恩人の信玄亡き今、山縣にできる唯一無二の奉公は、信玄の遺児である勝頼を守って死ぬことしかないのだから。

(ここで死ねるワシは果報者よ。最後に、もうひと暴れして意地を……ん?)

折角敷いた槍衾なのだが、肝腎の敵が押し寄せて来ない。

半町(約五十五メートル)先で、止まり、なにやら蠢《うごめ》いている。

「見よ!」

彼は、赤備えの部下たちに叫んだ。

「さしもの織田徳川勢も、我らが槍衾に臆し、足が止まったわ」

隊列から陽気な笑い声が起こった。

(さすがは、我が股肱《ここう》たちよ)

死を目前にしてもなお、士気は高い。

ただ、織田徳川勢はなにも赤備えを恐れ、突撃を躊躇したわけではなかった。

数百丁の鉄砲が横隊を作り、銃口を山縣隊に向けてきた。

(こしゃくな……また鉄砲か)

「よし、皆の者、立ちませい!」

赤備え軍団が、槍を構えたまま、一斉に立ち上がった。その多くは、足や腕を
血染めの晒《さらし》で巻き固めている。片手で槍を構える者も多い。

「敵が来ぬならば、ワシらの方から参ろうぞ、それ、突っ込め!」

と、山縣が叫んだと同時に、半町先で轟音がとどろき、濛々《もうもう》と白煙が立ち込め、数百発の鉛玉が赤備え軍団を襲った。

ビシッ。

うち一発が、山縣の眉間を貫いた。猛将は手足を大の字に伸ばして、ドウッと仰向けに倒れた。

「お、御屋形さ……」

武田の侍大将にして四天王の一人、山縣三郎兵衛尉《さぶろうひょうえのじょう》昌景死す。享年五十一。

多大な犠牲を払いながらも、勝頼は逃げた。

まず、四里（約十六キロ）北方の田峰城《だみねじょう》を目指したが、城代菅沼定直《さだなお》に入城を拒絶されてしまう。菅沼氏の本流、田峰菅沼党の裏切りだ。

傷心の勝頼はさらに五里北上し、武節城《ぶせつじょう》まで落ち延びた。

翌日は飯田街道《いいだかいどう》（現在の国道百五十三号）を北上し、命からがら下伊那の飯田《いいだ》城《じょう》に入った。その後、六月二日になって、ようやく甲府《こうふ》に戻っている。敗戦から十日目であった。

勝頼こそ生還できたが、武田勢の死者は一万人、対する織田徳川側の死者は、わずか百人程度であった。
一方的かつ圧倒的な、織田徳川勢の大勝利であった。

終章　帝国の黄昏《たそがれ》

長篠戦《ながしののいくさ》の影響は大きかった。

まず、甲府《こうふ》へ逃げ戻った勝頼は、これ以降、外交方針を大きく変えた。周辺諸国との宥和策に転じたのだ。

まず、上杉、佐竹《さたけ》、北条《ほうじょう》との同盟関係を慎重に再構築した。

さらには、信長が甲府に送っていた人質を自発的に岐阜《ぎふ》へ送り返すなど、織田に対して慇懃《いんぎん》な態度を示すようになったのである。

しかし、信長の方針は「武田は根切りにする」で微動だにしなかった。信長にしてみれば「大敗した後に下手《したて》に出ても遅いわい」と勝頼の変節を嘲笑していたのではあるまいか。

戦国最強との呼び声も高かった武田勢を、完膚なきまでに叩き潰した信長である。彼の武名は大いに高まった。天下布武《てんかふぶ》に向けて、一歩も二歩も踏み出した格好である。

一方、三河《みかわ》衆の心情は複雑であった。

奥三河は奪還したし、仇敵武田の力を削《そ》げた。喜ばしい限りである。しかし、高天神城《たかてんじんじょう》や二俣城《ふたまたじょう》は、未だ武田に押さえられたままだ。家康の遠江《とおとうみ》支配は万全とは言い難い。

さらにもう一点、不安がある――信長だ。

家康の喫緊《きっきん》の課題は、三方ヶ原《みかたがはら》で失った信頼をとり戻すことであった。長篠戦での彼は、信長の指示を守り、突出せずに隠忍自重《いんにんじちょう》を重ねた結果、ある程度、その信頼を取り戻すことに成功した。

「長い物には巻かれろ、と申すからな……」

と、家康は酒井と平八郎を前に苦笑した。

それはそれでよかったのだが――

織田と徳川の力の差は広がるばかりである。永禄《えいろく》五年（一五六二）の清洲《きよす》同盟締結から十三年が経ち、両者の関係性は対等ではなくなった。今後益々、両家の同盟色は薄れ、主従関係に近づいていくのだろう。武田が脅威でなくなった今、家康と三河衆は「気難しく、残忍な主人」との距離感に悩み始めていた。

善四郎率いる先手弓組は、野田城《のだじょう》詰めの任を解かれ、本拠地である浜松城《はままつじょう》へと凱旋した。

昨年九月、勝頼に焼かれた曳馬宿《ひくまじゅく》は見事に再建されていた。浜松城の城下町として、以前に倍する活況を呈している。

「設楽原《したらがはら》の大敗で武田はもう恐れるに足らん。再起不能だら。これからは徳川様だがや。浜松城だがや」

三河や遠江の商人たちが掌《てのひら》を返し、続々と曳馬宿に店舗を開設し始めている。

（現金なものよ）

と、思わぬでもなかったが、商人に忠義の道を説いても無駄だろう。彼らが忠誠を尽くすのは銭に対してだけだ。

茂兵衛は、辰蔵、丑松と連れ立って、餅を食いながら曳馬宿の繁栄と喧騒の中を歩いていた。

「な、茂兵衛よ」

「あ？」

「来月、タキ殿が来るがや」

「タキが？　浜松に来るのか？」

「うん……し、祝言を挙げる」

「はあ？」

思わず足を止めた。すぐ後方を歩いていた丑松が、兄の背中に追突した。

茂兵衛は、なにも聞かされていなかった。辰蔵がタキに気があるのは察していたし、文の交換をしているのも聞いていたが、いきなり祝言と言われても当惑するばかりである。

「辰よ。俺と丑松はタキの兄貴だぞ。そういう大事なことはまず……」

「や、俺ァ、辰から聞いてたよ」

丑松は辰蔵から報告を受けていたし、タキと母からも手紙がきたという。

「お、俺だけ除け者かい！」

「そんなつもりはなかったが、おまんは糞忙しかったし、責任も背負い込んでいたし、俺なんかのことで気を患わせたくなかった」

「た、たァけ」

「ついでだから、俺も兄ィ《あに》に報告があるら」

丑松が、もじもじと上目遣いに茂兵衛を見ている。

「な、なんら？　ゆうてみィ」

「実は俺も、所帯を持とうと思っとる」

「な、なに――――ッ」

丑松の相手は意外な女だった。三方ヶ原で討死した足軽寅八《とらはち》の女房である。亭主に死なれた女の愚痴や相談を聞くうちに、自然と男女の関係になったらしい。

茂兵衛は、死に瀕した寅八が残していく妻子の行く末を案じていたことをよく覚えている。丑松は、本多平八郎の郎党として今や立派な侍だ。闇の中、鳶《とび》ヶ巣《す》奇襲隊を導いたことで家康からの感状も貰っている。なによりも、善良で優しい男だ。そんな男が後釜なら、あの世の寅八も祝福してくれるのではあるまいか。

幼い娘が一人おり、丑松は「父上様」と呼ばれているそうな。

「まったく、どいつもこいつも、俺に隠し事ばかりしおって」

榎門《えのきもん》外の屋敷の縁側で、寿美が剝《む》いてくれた梨を頬張りながら、女房相手に愚痴をこぼした。

「意外に俺は、皆から好かれていないのかも知れんなァ」

「そう申されますな。皆様、貴方《あなた》様のことを案じ、内緒にして下さっていたのですから」

寿美が、さも「可笑しくてたまらない」という表情で夫を窘《たしな》めた。

「な、なにが可笑しい？」

「だって、槍を取っては天下無双の植田茂兵衛様が、女子《おなご》のように僻《ひが》んでおられるから、ホホホホ」

長篠戦での働きで百貫（約一千万円）に加増された男の妻が、こらえ切れずに噴き出した。

浜松城の廊下で声をかけられた。

見れば乙部八兵衛である。松平伊忠の死により、深溝松平家の家督は嫡男の家忠が継いだ。若い当主は、亡父の側近であった乙部を信頼し、なにくれとなく相談しているらしい。今や乙部は、大仰な顎髭などを生やし、深溝松平の大番頭のような顔をしている。

「実は、家忠様の御用で掛川城《かけがわじょう》に行ってな……」

茂兵衛の耳にも入っている。乙部は、その口八丁手八丁振りを生かし、隠密の元締めのような役目を担っているらしい。

「掛川で、ええ女子と出会ってな……気が合って、一夜を共にしたのよ」

「知らんがや！」

実に下らない。どいつもこいつも、女の話ばかりである。

「他所《よそ》で行きずりに女を抱き、名を聞かれた場合、ワシはいつも植田茂兵衛と名乗ることにしておる」

「な……」

怒りで瞼の裏が赤く染まった。即座に、乙部の襟元を両手で絞め上げた。

「おまん、なぜ他所で俺の名を騙《かた》る！」

「ほ、本名を名乗るわけにもいかんだろうが！　やや子でもできたら、後々面倒なことになる！」

「ならば大山熊五郎とでもゆうとけ！　俺の名前を出すな！」

「わ、わかった。次回からはそうする」

「……それで、どうした？」

「うん。俺が、自分は植田茂兵衛だと名乗ると……女は『嘘です』と言った。

『貴方は茂兵衛様ではない』と言ったのじゃ」

「え……」

本当に力が抜け、乙部を解放した。

「嘘です。貴方は茂兵衛様ではない」――言葉遣いに記憶が揺さぶられた。

「へへ、その感じ、やはり知り合いであったか。茂兵衛も隅に置けんのう」

「その女の名を訊いたか？」

「椿之田鶴《つばきのたづる》とか名乗ったな。ま、本名ではなかろうが、城下の市で古着を商っとった。そりゃ、ええ女でな、あちらの具合も……」

「黙っとれ！」

茂兵衛の剣幕に驚いた乙部が、眉毛をヒクヒクと上下させ、目をそばだてた。

（あ、綾女殿……随分と、変わってしまわれたようだ）

尻の穴から、魂がストンと床まで抜け落ちた。

本作品は、書き下ろしです。

双葉文庫

い-56-04

三河雑兵心得《みかわぞうひょうこころえ》
弓組寄騎仁義《ゆみぐみよりきじんぎ》

2020年11月15日　第1刷発行
2021年9月28日　第10刷発行

【著者】
井原忠政《いはらただまさ》

【発行者】
箕浦克史
【発行所】
株式会社双葉社
〒162-8540 東京都新宿区東五軒町3番28号
［電話］03-5261-4818(営業部)　03-5261-4833(編集部)
www.futabasha.co.jp(双葉社の書籍・コミックが買えます)
【印刷所】
中央精版印刷株式会社
【製本所】
中央精版印刷株式会社

【フォーマット・デザイン】
日下潤一

ISBN978-4-575-67029-5 C0193
Printed in Japan